MW01481945

Martin Walser, 1927 in Wasserburg geboren, erhielt für sein literarisches Werk zahlreiche Preise, darunter 1981 den Georg-Büchner-Preis, 1998 den Friedenspreis des Deutschen Buchhandels und 2015 den Internationalen Friedrich-Nietzsche-Preis. Außerdem wurde er mit dem Orden «Pour le Mérite» ausgezeichnet und zum «Officier de l'Ordre des Arts et des Lettres» ernannt. Zuletzt veröffentlichte er «Spätdienst. Bekenntnis und Stimmung». Er lebt in Überlingen am Bodensee.

«Martin Walsers Eigenart nimmt hier eine leichtere und schlankere Gestalt an, als man sie früher von ihm kannte.» *(Burkhard Müller, Süddeutsche Zeitung)*

«Man weiß bei diesem schmalen Bändchen nie, wo die Ironie aufhört und wo man dem Autor auf den Leim geht.» *(Sieglinde Geisel, Deutschlandfunk Kultur)*

«Walsers neuer Briefroman (…) bietet in konzentrierter Form noch immer das, was große Literatur leisten soll: die stillschweigende Aufdeckung des Fehlers im System, den romanhaft camouflierten Hinweis auf den Makel und das Ungereimte.» *(Pia Reinacher, Die Weltwoche)*

«Schön-wahre Sätze voll Poesie kann man in diesem Buch lesen. Vielleicht kann man sie aber erst verstehen, wenn einem die eigene Endlichkeit unausweichlich bewusst geworden ist.» *(Harald Raab, Mittelbayerische Zeitung)*

«Schriftstellerische Selbstgespräche münden in bereichernde Lektüren, immer wieder – und immer wieder auch im Fall dieses außerordentlichen Schriftstellers.» *(Thomas Groß, Mannheimer Morgen)*

Martin Walser

Gar alles

oder

Briefe
an eine
unbekannte
Geliebte

Roman

ROWOHLT
TASCHENBUCH VERLAG

Veröffentlicht im Rowohlt Taschenbuch Verlag,
Hamburg, September 2019
Copyright © 2018 by Rowohlt Verlag GmbH,
Reinbek bei Hamburg
Umschlaggestaltung any.way, Barbara Hanke und Cordula Schmidt,
nach einem Entwurf von Frank Ortmann
Umschlagabbildung Rachelle Morvant / FOAP / Getty Images
Satz aus der Whitman, InDesign
Gesamtherstellung CPI books GmbH, Leck, Germany
ISBN 978 3 499 27441 1

Gar alles

oder

Briefe
an eine
unbekannte
Geliebte

30. Oktober 2016

Liebe unbekannte Geliebte,
ich bin nicht ich.
Ich ist ein Wort.
Ich bin doch kein Wort.
Ich bin lieber, was ich wäre, wenn ich nicht ich zu sein hätte.
Also was, bitte, wäre ich lieber als ich?
Alles andere als ich.
Liebe Unbekannte, abschreckender kann ich nicht anfangen.
Ich will Sie für mich gewinnen, aber nicht durch Überredung,
sondern dadurch, dass ich mich Ihnen darstelle. Aber darstellen will ich mich nicht als Wortjongleur, sondern als Mensch,
als Person. Ich will mich Ihnen darstellen, bevor ich weiß,
wer Sie sind. Also bevor ich mich Ihnen anpassen kann. Es
hängt von Ihnen ab, mir zu antworten. Ich werde nicht aufhören, mich mitzuteilen. Ob ich Sie dadurch gewinne oder
abschrecke, bedenke ich nicht. Es ist ein Abenteuer wie die
Kolumbus-Fahrt. Der unbekannte Erdteil sind Sie.
Ich bin gespannt.

Ihr Absender

PS
Ich bin
nein noch nicht
eher nie
als schon bald.

2. *November 2016*

Liebe Unbekannte,
gerade erfahre ich von «meiner» Bank, dass ich nicht kreditwürdig sei, weil ich nicht über ein festes Einkommen verfüge. Obwohl ich Ihnen alles mitteilen möchte, merke ich, dass es nicht leicht ist, Ihnen alles mitzuteilen. Ich muss es üben. Es gibt bis jetzt noch keinen Menschen, dem ich alles sagen konnte. Das ist überhaupt der Grund für dieses Blog-Unternehmen. Ich suche restlose Nähe, vollkommene Nähe, rücksichtslose Nähe.

Also jetzt meine wirtschaftliche beziehungsweise bürgerliche Lage. Auf meiner Visitenkarte steht: Philosoph. Die Visitenkarte, auf der als Beruf Jurist vermerkt war, habe ich versenkt. Nachdem ich mich als Jurist unmöglich gemacht hatte, erlebte ich das Missgeschick auch als eine Erleichterung. Ein älteres Bedürfnis regte sich jetzt. Und was musste nicht alles geschehen, dass sich dieses Bedürfnis entwickeln konnte.

Einige Spürbarkeiten auf diesem Weg: Der Jura-Student in Gießen heiratet (später) die Lehramtsstudentin Gerda Lobschütz, gebürtig aus Limburg an der Lahn. Sie ist eine leidenschaftliche Verfechterin des ebenso prominenten wie damals umstrittenen Philosophen Odo Marquard. Der lehrt in Gießen seinen Beitrag zur Kompensationstheorie. Darüber wird dort Tag und Nacht diskutiert. Man kann nur dafür oder dagegen sein. Der Jurist ahnt, dass es mehr gibt als Jura. Er sitzt natürlich mit Gerda Lobschütz im überfüllten Hörsaal. Und bleibt, als Jurist, der Leser dieses Philosophen, der später einmal halb ironisch hat wissen lassen, dass er am liebsten

Privatdozent geworden und geblieben wäre. Aber dann eben die Professur! Erst seit seiner Pensionierung sei er, was er immer hätte bleiben wollen: Privatdozent. Immerhin war er fest angestellt. Also kreditwürdig. Ich bin weder Privatdozent noch Professor. Und doch Philosoph. Das heißt zum Glück alles und nichts.

Ich habe mitgekriegt, dass jeder Philosophieprofessor andauernd publizieren muss, um so seine Konkurrenten zu zwingen, ihn zu lesen, bevor er sie lesen muss. Sie können nicht schreiben, wenn sie nicht alles, was die anderen schreiben, gelesen haben. Einmal setzte ich mich in einem Lokal, in dem sich Philosophen trafen, so, dass ich hören konnte, was sie redeten. Sie erzählten einander tatsächlich Witze. Das beruhigte mich. Der, der am lautesten sprach, sagte, dass Golo Mann ihm von einem ungarischen Kollegen erzählt habe, der habe seiner Frau Plein Pissoir gegeben. Das ist doch wirklich beruhigend.

Gelegentlich, zum Beispiel wenn ich mich angegriffen fühle, erinnere ich die öffentliche Ignoranz daran, dass der junge Nietzsche geschrieben hat, ein Philosoph könne kein Professor sein. Begründung: Er könne nicht jeden Mittwoch vor Studenten auftreten und denen vorlesen, was er eine Woche vorher geschrieben habe. Ein Philosoph müsse in jedem Augenblick bereit sein, dem Genius der Sprache zu folgen.

Daran liegt mir schon. Sich ausdrücken! Mehr kann damit nicht gemeint sein.

Noch zur Person: Die Visitenkarte, auf der ich Philosoph bin, ist meine neue Visitenkarte. Früher stand da als Beruf: Jurist. Den habe ich gelernt. Wie es dazu kam, dass ich dann kein Jurist mehr sein konnte, muss ich Ihnen noch sagen, aber nicht gleich.

Jetzt also Philosoph. Diese jeder Banalisierung fügsame Berufsbezeichnung tut mir gut. Jeder, dem nicht in jedem Augenblick einfällt, welcher Wochentag gerade dran ist, darf sich Philosoph nennen. Also ich auch. Ich weiß tatsächlich nicht immer, ob gerade Mittwoch oder Donnerstag ist.

Was Sie interessieren kann: kein festes Einkommen. Und trotzdem nicht arm. Und trotzdem nicht reich. Ich lebe gut, solang mir etwas einfällt, was nicht jedem einfällt. Ich darf befürchten, dass ich manchmal Angst habe, mir werde nichts mehr einfallen, was ich verkaufen kann. Zwei eher dünne Bücher von mir geben genauere Auskunft über mich als Philosophen: «Die Lüge als Mutter der Wahrheit» und «Der Irrtum als Erkenntnisquelle».

Dass ich zuerst Beamter werden musste, um dann Philosoph zu werden, dass ich, im Hessischen geboren, nach München tendierte und nicht nach Berlin, das sagt mir über mich mehr, als ich wissen will. An Heidegger hat mir immer gefallen, dass er ablehnte, nach Berlin berufen zu werden. Hegel hat sich nach Berlin berufen lassen. Dass konservative Kreise nach seinem Tod posthum ein Verfahren wegen Hochverrats gegen ihn einleiteten, geschieht ihm recht. Aber auch Schiller plante noch kurz vor seinem Tod einen Umzug nach Berlin. Ich also nach München. Und mutlos genug, Beamter zu werden. Dann aber doch die innerste Notwendigkeit: Philosophie.

Jetzt die Fakten: Sie kennen vielleicht den Namen Dolf Paul Alt. Vielleicht haben Sie sogar eine der zahllosen Anthologien, die er produziert hat, gekauft und gelesen. Vielleicht ist er Ihnen schon durch einen seiner ebenso zahllosen Artikel aufgefallen. Von Zürich bis Hamburg kein Blatt, das ihn nicht als Kritiker beschäftigt. Als solcher unterzeichnet er immer nur mit den Initialen DPA. Oder auch l-l-l. Nur die zahllosen Anthologien gibt er als Dolf Paul Alt heraus. Mich begleitet er, seit ich Aufsätze und Bücher veröffentliche. Also seit ich Philosoph bin. Und er hat noch nie etwas, was ich geschrieben habe, gut finden können. So gilt er also im Medienbetrieb als der für mich zuständige Fachmann. Er wirft mir immer vor, dass ich nirgends unterzubringen sei. Keiner der gängigen Einteilungsbegriffe der Philosophie sei brauchbar für mich. Mal bin ich ihm zu soziologisch, mal zu existenzialistisch. Politisch unseriös beziehungsweise nicht ernst zu nehmen. Na ja, neulich sagte einer meinesgleichen: Man kann Kritiker nicht schlechterdings dumm nennen, sie verreißen ja auch Kollegen. So geht das zu bei uns.

Ich spüre, dass ich dabei bin, mich Ihnen aufzudrängen, darum höre ich jetzt auf.

Ihr Philosoph

PS
In dem einen Buch steht als erster Satz (und daraus wurde dann das Buch): Jede Wahrheit hat das Zeug zur Lüge. Und: Lügen sind Irrtümer, die man absichtlich begeht.

4. *November 2016*

Liebe Unbekannte,

mein Name ist (jetzt) Justus Mall. Ich schreibe Ihnen in der Hoffnung, dass es Sie gebe. Damit Sie gleich aufhören können, weiterzulesen, teile ich mit: Ich bin verheiratet, habe eine Tochter (oder hatte eine, davon später), und ich habe eine Freundin, die der bürgerliche Sprachgebrauch Geliebte nennt.

Dass ich Tag und Nacht im Streit liege mit den Umständen, zu denen ich es habe kommen lassen, ist der Grund meines Briefes an Sie. Bis jetzt kann ich nirgends mit Verständnis rechnen. Darum dieser Brief ins Irgendwo. Falls es niemanden gibt, der mich versteht, also mein Handeln billigt, dann weiß ich Bescheid. Vielleicht führt mein Brief an Sie, Frau Unbekannt, dazu, dass ich einsehe, wie unverständlich ich bin. Dann weiß ich, dass ich mich nicht ohne Grund einsam fühle: Wenn dir niemand mehr zustimmt, bist du allein. Sie sind in mir als Wunsch-Adresse entstanden, nicht allein zu sein. Dazu muss ich Ihnen alles mitteilen, was es über mich mitzuteilen gibt.

Ich kann allerdings nicht andauernd an Sie schreiben, ohne eine Vorstellung von Ihnen zu haben. Wenigstens einen Namen möchte ich Ihnen geben. Dass ich dann an Anna denken kann oder an Anita oder Asta oder Angela oder Alexandra … Denn noch ist, was ich erwarte, brauche, wünsche, nicht vorstellbar ohne die Illusion, es gebe einen Menschen, der mich nicht verurteilen muss. Die moralischen und sonstigen Sprachvorräte, die gegen mich sprechen, kenne ich.

Sie, liebe Unbekannte, seien, hoffe ich, so lebendig, so unab-
hängig, so stark, so neugierig, dass Sie sich zutrauen können,
mich nicht nur zu ertragen, sondern mit mir das zu genießen,
was das Leben sein kann, wenn man es sein lässt, was es sein
will.

So viel für heute.

Ihr

Justus Mall

PS
Pflicht
Täglich
sich
aus der Schwere
hocharbeiten
Scheinbewegungen probieren
bis sie aussehen wie wirkliche.

10. *November 2016*

Liebe unbekannte Geliebte,
ein bedeutender Mensch, eine Frau, hat mir gestern scheuß-
lich genau erklärt, dass mir Haltung fehle. Ich sage das weiter, weil ich nur auf jemanden rechnen kann, dem es nichts
ausmacht, wenn mir Haltung fehlt. Es wäre sinnlos, jetzt
rumzukramen mit Wörtern oder Argumenten, um mich zu
verteidigen.
Klar ist: Haltung, egal, was es konkret heißen soll, ist verlangbar. Ich könnte erinnern an Himmler, der von seinen
SS-Schergen Haltung verlangte bei dem, was sie zu tun hatten. Also, Haltung ist unter allen Umständen verlangbar. Und
ich gebe zu, ich weiß nicht einmal, was das ist, Haltung. Ich
weiß jetzt nur, dass sie mir fehlt. Kein Wunder, dass ich nicht
weiß, was das ist, Haltung. Wenn nicht eine zurechnungs-
fähige Frau mir erklärt hätte, dass mir Haltung fehle, dann
wüsste ich davon nichts.
Wenn Sie, liebe Unbekannte, mich haltungslos nicht ertragen
können, kommen wir für einander nicht in Frage.
Ihr

Justus Mall

PS
Steckbrief
Leibarzt der Verlorenheit
Kenner des Schnees
Freund des Fehlens

Ausbund des Nichts
Licht erreicht mich nicht
mich gürtet der Schmerz
gegen Heil bin ich dicht.

21. November 2016

Liebe Unbekannte,

mein Gefühl sucht immer noch nach einem Namen für Sie. Monika heißen Sie nicht. Komisch, dass ich das so sicher weiß, obwohl ich von Ihnen noch nichts weiß. Sie sind, das gebe ich zu, ein Wunschbild, eine Utopie. Es muss Sie geben. Ohne die Hoffnung, dass es Sie gebe, möchte ich, könnte ich nicht leben. Und da es Sie gibt, haben Sie auch einen Namen. Ich zähle so lange Namen auf, bis ich bei einem das Gefühl habe: Das könnten Sie sein. Also weiter mit B: Berta, eher nicht. Barbara, schon eher. Dann sind Sie hochmütig. Nicht durch und durch. Aber ziemlich weit hinein. Und nicht von Geburt an, sondern durch Erfahrung. Sie werfen sich vor, dass Sie zu schnell reagieren, wenn Ihnen etwas angeboten wird, und sei es Liebe.

Ich will die Unterstellung nicht zu weit treiben. Je deutlicher ich Sie mir mache, desto eher finden Sie, dass Sie die, an die ich da denke, nicht sind. Aber es könnte doch auch sein, dass Sie gerade die sind, die ich so deutlich hinschreibe!

Wahrscheinlicher ist, dass Sie sich, wenn ich Sie allgemeiner umschreibe, eher angesprochen fühlen. Ich darf nicht so tun, als suchte ich eine bestimmte Frau, die auf einen wartet, der sie brauchen kann. Es muss schon so sein, dass Sie mich erlösen, nicht ich Sie.

Furchtbar, diese Gedanken, wenn es um Menschen geht. Ich mache lieber mit den Namen weiter. Ich habe immer noch das Gefühl: Wenn ich auf Ihren Namen käme, wüsste ich sofort, dass das Ihr Name ist. Birgit, nein. Brigitte, nein.

Ach, ich teile jetzt besser mit, dass ich an keiner mir auffallenden Frau vorbeigehen kann, ohne daran zu denken, dass diese Frau grell-schön oder erhaben-schön ist. Also, du kriegst unwillkürlich die Leistung mit, weil die Natur das nie so schaffen würde. Diese Frau hat aus sich ein Kunstwerk gemacht. Oder eine ist irrsinnig weiblich, einfach durch Busen plus Blick. Die Wirklichkeit ist eine hageldichte Folge weiblicher Erscheinungen. Und die sind auf Verführung angelegt, Verführung zum Kauf von irgendwas, und sei es der Frau selbst.

Ich muss andauernd verschweigen, dass diese Erotikproduktion mich erreicht. Meine Liebe wird davon nicht berührt. Ich werfe der Frau, die ich liebe, nicht vor, dass sie nicht so ist wie diese Weibsattacke.

Liebe Unbekannte, Sie wissen, dass Sie anders sind als diese Erotikshow zu tausend Zwecken. Liebe ist zweckfrei. So schwärme ich. Und kann nicht aufhören, Ihnen weitere Namen anzupassen. Daniela klingt vernunftbetont. Dorothea kommt vor zu Herzen gehender Schwerfälligkeit durch keine Tür. Elke und Ellen leisten viel mit wenig Aufwand.

Ich kann nicht aufhören, an Sie zu schreiben. Mich zwingt eine Sehnsucht, an Sie zu schreiben. Sobald Sie da wären, blühten nur noch Erfüllungen. Bitte, was haben die Menschen in allen Jahrhunderten für Utopien entwickelt, um die jeweilige miserable Gegenwart zu ertragen!

Ich muss mich ermutigen. Wenn ich nicht mehr an Sie schreiben dürfte, das wäre, als löschte man alle Lichter für immer.

An Sie zu schreiben, liebe Unbekannte – das erlebe ich deutlich genug –, macht mich stärker, als ich bin. Ich bin darauf angewiesen, dass es Sie gibt. Ich bin gespannt.

Ihr Hoffnungsmensch

25. *November 2016*

Liebe Unbekannte,

es ist bei mir nicht anders als überall in der Welt. Ich zwischen zweien. Die Eine seit langem. Die Andere noch nicht so lange.

Die ältere Liebe ist inzwischen ein Sternbild, mächtig, würdig, anbetbar. Eine bejahrte Innigkeit. Eine durch Bejahrtheit nicht nachlassende, sondern zunehmende Innigkeit. Es ist die Tausendfältigkeit eines Gefühls durch Erfahrung und noch einmal Erfahrung. Eine Summe aller Spürbarkeit. Die andere Liebe ist ein Blütenschwall, ein Hochgesang, ein Zwang zur Besinnungs- und Bedenkenlosigkeit.

Ich bin beiden treu. Wie es mehr als eine Art Liebe gibt, gibt es auch mehr als eine Art Treue. Aber: Jede will mich nur lieben, wenn ich auf die andere verzichte. Da ich das nicht kann, ziehen sich beide von mir zurück. Jede wartet auf etwas, was sie Entscheidung nennt.

Die Eine ist eine edle Frau. Und ein edler Mensch. Sie zu bezeichnen gibt es die Wörter, die zu gebrauchen ich zögere. Sie ist anständig durch und durch. Sie ist nicht fähig zu lügen, sie ist nicht einmal fähig zu übertreiben. Sie ist ehrlich, furchtbar ehrlich.

Die Andere – und das ist mein Dilemma – ist das alles auch. Sie handelt unter allen Umständen so, wie es sich gehört. Sie ist also zeugenlos anständig. Anständig an sich beziehungsweise absolut anständig. Sie sagt lieber etwas gegen sich als für sich.

Nach einem unendlichen Hin und Her von Beteuerung und

Antibeteuerung war es natürlich die Andere, die Schluss machen musste damit, weil in ihr, wie sie glaubhaft ausdrückte,
durch dieses Hin und Her jedes Gefühl für sich selbst zerstört
wurde. Die Ansprüche der beiden sind zwar durch Liebe ge-
deckt, und keine will eine Erfüllung ihres Anspruchs durch
Betrug, aber es sind zwei abgrundtief verschiedene Arten
von Anspruch. Der Anspruch der Einen ist durch und durch
legitim. Von Anfang an. Der Anspruch der Anderen besteht
aus nichts als Liebe. Eine Liebe – das ist erfahren –, wie sie
vollkommener nicht gedacht oder gefühlt werden kann. Depp
vom Dienst nennt sich die Eine, weil sie alles mit sich machen
lässt, diese Luftnummern mitmacht, eine nach der anderen,
sich so als Idiotin erlebt und so weiter.
Jetzt bitte ich die Andere herein, Silke. Silke ist Biologin, hat
sich spezialisiert auf Water Analysis. (Die denken ja englisch.)
Sie war mit irgendeiner Liquid-liquid extraction beschäftigt,
da wurde sie eingeladen von einem, der in Amerika das Wasser bis zum Unvorstellbaren reinigt, also nicht wegen Ökolo-
gie und Trinkwasser, sondern weil bei der Produktion von Mi-
krochips der Grad der Wasserverfeinerung ausschlaggebend
ist. Silke ist seitdem mehr in Cary, North Carolina, USA, als
hier. Und in zwei Sprachen erfahre ich, dass sie Schluss gemacht hat mit mir. Neulich las sich das so:

Forced to resign
Slain possibilities
around me
when I found myself down in the street
dirty nails
darkfaced by night

and singing like a car
a moment after having been smashed.

In dieser Mail folgte dann der Befehl, alles zu löschen, was irgendwie mit ihr zu tun habe. Weil sie das Hin und Her mitgemacht hat, kann sie sich bald selber nicht mehr leiden. Fühlt sich verarscht (dieses Wort war mir neu). Dass sie erfolgreich ist, in Amerika und hier, eine gefragte Biologin und so weiter, das erlebt sie nicht, eben weil sie sich meinetwegen verachtet. Darum hat sie mehr als einmal Schluss gemacht mit mir. Jetzt aber, fürchte ich, endgültig.

Und ist so schön, wie noch keine war. Dass ich sie überhaupt habe kennenlernen können, war Schicksal.

Ich, eingeladen, in der TU einen Vortrag zu halten über mein Thema, so anmaßend wie leichtfertig: Phantasie ist Erfahrung. (Hatte ich irgendwo aufgeschnappt, aber dann selber bewiesen.) Ich musste eine Treppe hinauf. Da steht oben Adelheid, die Psychotherapeutin. Wir kennen uns schon so lange, dass ich sagen kann: schon immer. Adelheid hält den Kontakt. Kommt also zu einem Vortrag. Steht oben auf der Treppe. Neben ihr ihre Freundin. Silke. Bevor ich ganz droben bin, schaue ich noch einmal hinauf. Und sehe sie, diese Silke. Die letzten Stufen schaffte ich fast nicht mehr. Vom Blitz getroffen. Ich streckte eine Hand aus, und, ob Sie es glauben oder nicht, es war Silke, die mir eine Hand entgegenstreckte und mich förmlich hinaufzog. Und entschuldigte sich gleich dafür. Sie habe den Eindruck gehabt, mir fehle es an Luft, an Sauerstoff. Und Adelheid erklärt: Silke ist Biologin. Sie sieht immer mehr als ich. Und stellt sie vor: Dr. Silke Born. Und diese Silke erklärt, streng, sie sei nur dabei, weil Adelheid es verlangt habe.

Ja, dann der Vortrag. Dann stand man noch herum, ein Glas in der Hand, und mir gelang es nicht, mit Silke in einen Blickwechsel zu kommen. Adelheid und andere redeten über den Vortrag. Silke beteiligte sich daran kein bisschen. Dann hinaus. Der Abschied. Auch da kein Blickwechsel. Doch der erste Anblick bleibt. Sie droben neben Adelheid. Eine goldblonde Haarpracht. Mehr Gold als blond. Das Gesicht fast klein durch dieses goldblonde Gewell, das bis auf die Schultern reicht. Aber die Augen. Himmelblau. So blau waren noch keine Augen. Und dieser Mund! Ein wohlgeschwungener, aber schwerer Vorhang für ein gleißend weißes Zähnetheater. Dass dieser Vollmund dann gleich so strenge Sätze sagte!

Ich musste Adelheid anrufen. Ich tat so, als habe diese Begegnung in mir ein Bedauern ausgelöst. Warum sehen wir uns so selten! Und immer nur bei Veranstaltungen, die uns keinen Kontakt erlauben. Kurzum: Ich konnte nicht verbergen, dass ich sie bald, sehr bald wiedersehen möchte. Und warum nicht mit ihrer Freundin Silke. Ja, die habe mich beeindruckt. Sehr sogar.

Dabei hat sie fast nur geschwiegen, sagte Adelheid. Und das sei immer so, wenn das Thema nicht aus den Naturwissenschaften stamme. Neulich habe sie bei einer ähnlichen Gelegenheit gesagt, ihr gehe es wie Tiberius, der sich im Senat dafür entschuldigte, dass er jetzt nicht ohne das Wort Monopol auskomme. Das kam aus dem Griechischen, und das konnte offenbar keiner. So sei es mit ihren Naturwissenschaften, die kennt auch keiner.

Adelheid merkte, wie ich dran war. Ich ging mit beiden essen. Und dabei strömte aus mir heraus das Geständnis, dass ich unter nichts so litte wie unter meinem Mangel an allem, was Naturwissenschaft betreffe. Und bat direkt darum, Silke möge mich aus dieser Ignoranz erlösen, weil mir auch als Philosoph nicht mehr zu vertrauen sei, wenn ich das Wichtigste, nämlich die Natur, andauernd ausklammerte.

Und sie: Von Natur verstehe sie wahrscheinlich so wenig wie ich. Ihr Fach sei Wasser, eigentlich water. Und sie arbeite, to provide analytical solutions for the identification and measurement of most of the substances in various water matrices, Adelheid und ich lachten laut.

Silke sagte, sie müsse jetzt eine rauchen.

Und ich, obwohl ich schon lange nicht mehr rauchte: Ich auch.

Draußen musste ich bei ihr eine Zigarette erbitten. So waren wir eine Zigarettenlänge allein. Sie wollte wieder hineingehen.

Ich sagte, weil ich heute noch nicht geraucht hätte, sei mir eine Zigarette zu wenig. Wenn sie hineingehe, bitte, aber ich müsse sie um noch eine Zigarette bitten.

Sie blieb. Wir rauchten drei Zigaretten. Und das war's.

Ich konnte ihr gestehen, dass ich seit jenem Augenblick an der Treppe nur noch an sie dächte.

Dann werde es Zeit, mich von dieser Befangenheit zu erlösen, sagte sie streng.

Und ich: Dazu sei es zu spät.

Das war der Anfang.

Wir trafen uns ohne Adelheid, aber Silke machte klar, dass ihr nichts so unerwünscht sei wie eine Beziehung zu einem Verheirateten. Sie habe gerade eine Ehe hinter sich, eine Ehe mit einem Mathematiker, dessen Fach Statistik sei. Davon werde sie nicht reden.

Ich erreichte, dass wir uns wieder sahen. Ich log nicht, wenn ich gestand, dass ich in ihr mein Schicksal erlebte. Ich hörte mich reden, wie ich noch nie geredet hatte. Es gab nichts, was ich für unmöglich hielt.

Als es zu einem Kuss kam, war ich ein anderer Mensch. Und bin es geblieben.

Dass sie imstande war, Schluss zu machen, hat mich nicht überraschen dürfen. Dazu war sie von Anfang an fähig. Weil ich verheiratet war. Ich kürze ab. Ich bin durch sie wieder zum Raucher geworden. Und sehe keine Möglichkeit, je wieder Nichtraucher zu werden.

Dass in Silke auch ein Mensch verborgen ist, der erlöst werden will, habe ich gespürt. Seit sie mehr in North Carolina ist als hier, schreibt sie Gedichte in Englisch und schickt sie mir. Und schreibt dazu, dass die englische Sprache für sie eine Verführung sei, sich auszudrücken. Sie habe das Gefühl, sie müsse, was sie in Englisch hinschreibe, nicht verantworten. Es sei ein Englisch jenseits des Berufs.

Liebe Unbekannte, vielleicht schicke ich Ihnen noch dieses oder jenes Gedicht der Biologin.

Unter den tausend Merkwürdigkeiten, mit denen sie mich über sich aufklären wollte: das Verhältnis zu ihrem Vater, nämlich – keins. Ihr Vater ist Bürgermeister in einer auch durch ihre Altertümer namhaften Stadt. Silke hielt es offenbar für wichtig, mir mitzuteilen, dass sie mit ihrem Vater nichts mehr zu tun habe, seit sie wisse, dass er, um Bürgermeister zu werden, in eine Partei eingetreten ist. Sie will mit einem Menschen, der sich nur zu etwas bekennt, um etwas zu erreichen, nichts zu tun haben. So ist sie. Immer noch.

Ich kann froh sein, dass sie mich jetzt nur noch in Englisch be-

schimpft! A scum bin ich. A waste. A simply disgusting pretender. Und das Wort scoundrel ist mir lieber als das, was es heißt.
Manchmal habe ich den Eindruck, es mache ihr Spaß, mich in
Englisch zu beschimpfen. Andererseits steht da, sie könne nur
leben without audience. Ihr Lieblingswort ist surcease. Man-
ches ist (vielleicht zum Glück) unverständlich. Put some gravy
in for me. Keine Ahnung, was das soll. Froh möchte ich sein,
wenn sie wieder ein englisches Gedicht schickt. Auch wenn
das Gedicht zeigt, dass es ihr dort (und ohne mich) gutgeht.
Ich muss Ihnen das zuletzt geschickte zitieren.

Distinct Experiences with Squirrels
The squirrels' tiny patience
Is distributed among many trees.
On their tender migrations
They deliberately omit some branches.
When they sit again
Upright in the grass
Permitting the wind to combe them
They dream that all they were looking for
Is waiting on those branches.

Ich bitte Silke nur herein, dass Sie, liebe Unbekannte, begreifen, mit wem ich es zu tun habe. Und ich habe ihr geschrieben. Zerschlag, habe ich ihr geschrieben, zerschlag, bitte,
nicht, was wir noch sind. Lass uns probieren, ob wir übrig
bleiben in dem Schiffbruch, der jetzt bevorsteht. Zerschlage
nicht das, was es von uns noch gibt! Was uns jetzt (noch) ver-
bindet, darf niemand verbieten.
Liebe Unbekannte, weil in diesem Trio jede Äußerung immer

von allen wahrgenommen wird, hat die Eine auch gelesen, was die Andere geschrieben hat. Und weil mich solche verbalen Hinrichtungen nie gehindert haben, weiterzulieben, hat die Eine mich Stalker genannt. Natürlich beschimpfen mich beide. Großmensch, eiskaltes Scheusal und so weiter.

Ich lasse nichts auf die zwei kommen. Sie können von mir alles verlangen. Auch das, was zu geben ich dann unfähig bin. Das heißt, ich werde ihnen ewig etwas schuldig bleiben. Und weil ich nicht aufhören kann, ihnen immer noch mehr zu versprechen, bin ich ihnen von Tag zu Tag mehr schuldig.

Wenn ich Sie, liebe Unbekannte, in diese Szene hereinbitten darf, ist klar, dass Sie die Andere wären. Aber eben eine Andere, die nicht verlangt, dass ich mich von der Einen trenne. Wären Sie dazu imstande, werde ich Sie so lieben, dass Sie sich in mir auflösen würden und nichts mehr spürten als unsere unendliche Einigkeit. Sie könnten mich aus dem Dilemma meines Lebens erlösen!

Meine Frage: Machen Sie das mit? Die Antwort auf diese Frage ist mir wichtiger als alles, wozu ich Sie sonst noch provozieren wollte.

Sie müssten, ja, Sie sollten nicht gleich antworten. Es muss Ihnen, was die Eine und die Andere betrifft, noch mehr Geschehenes und Geschehendes geliefert werden. Vorhanden ist davon mehr als genug.

Es ist klar: Was ich anderen antue, ist ein Verbrechen. Ich bin in Fluchten findig. Was nicht glücken dürfte, mir glückt's. Glücken tut da nichts. Es soll gelingen, was nicht gelingen dürfte. Nenn dich, wie du willst. Was dich nicht erledigt, ist Lüge. Das bist du, die hinkende Lüge, das leibhaftige Davonkommen dessen, der, was ist, fälscht.

Solche Erfahrungen wollen mich dazu bringen, dass ich denen zustimme, die über mich negativ oder böse oder niederträchtig schreiben. Paradefall DPA. Dass ich selber nicht in Frage komme als Gegenmichschreiber, ist keine Ausrede. Wenn ich nicht aufpasse, habe ich Züge einer negativen Romanfigur. Wenn die Figur selber gegen sich schriebe, löste sich alles auf in nichts als Ironie. Je schlimmer ich gegen mich schriebe, umso mehr rühmte ich mich dafür, dass ich's tu. Das macht Ironie zur Masche. Und sei sie noch so literarisch. Das gebe ich zu Protokoll: Wer auch immer gegen mich schreibt oder spricht, er hat meine Zustimmung. DPA ist mir als Verfolger teuer. Ihm und seinesgleichen verdanke ich, dass alles, was ich tue und sage, nie Gültigkeit erreicht. Mein Begehren und Aufbegehren wäre ein ungutes Fragment, wenn die Vernichtung fehlte. Neulich sogar in der Zeitung die Grotesk-Version meines Falls: Ein Mann, zwei Weiber, eine Junge und eine Alte, die Junge zupft ihm die grauen Haare aus, die Alte die schwarzen. Der wird also vor der Zeit kahl.

Ihr

heute auskunftssüchtiger Verehrer

PS
Warum dieser Schmerz mein Herz
warum dieses Weh meine Seele
warum diese Schwere
aller meiner Gedanken.

26. November 2016

Liebe Unbekannte,

die Sonne hängt heute wie ein rot angemalter Mond im Nebel. Sie sieht aus, als komme sie nicht mehr hoch.

Ich kannte eine Frau, die war Alkoholikerin. Dann starb ihr Mann, und sie war sofort keine Alkoholikerin mehr. Wiederum eine andere fing, als ihr Mann starb, sofort zu trinken an.

So wichtig möchte ich für niemanden sein.

Und ich liebe den Herbst wie jemand, der ewig lebt.

Das sollten Sie wissen, dass Sie entscheiden können, ob ich für Sie in Frage komme.

Ihr

JM

27. *November 2016*

Liebe Unbekannte,
wenn ich bis zur Erschöpfung an Sie schriebe und dann hinsänke ins natürliche Nichts, das wäre die Lösung. Wäre! Aber da ich dadurch, dass ich an Sie schreibe, Kräfte erlebe, kann ich nicht auf Erschöpfung hoffen.
Ich gebe zu, die Wirklichkeit, in der ich lebe, ist ein Würgegriff. Deshalb schreibe ich an Sie. Aber die Kraft dafür kommt von Ihnen beziehungsweise von der Hoffnung, dass es Sie gebe. Vielleicht eine irrsinnige Hoffnung. Vielleicht schon Irrsinn.
Hier herrschen zwei Frauen. Ich also zwischen zweien. Die Standardsituation. Mir werden alles verhindernde Bedingungen gestellt. Mir bleibt nur, Sie, liebe Unbekannte, so zu konstruieren, dass Sie es schaffen, was ich nicht kann! Den Schicksalsknoten mit einem Schwertschlag durchzuschlagen. Dann würfe ich mich Ihnen in die Arme, die Sie ausbreiten würden, um mich aufzufangen. Aber vielleicht gibt es Sie ja gar nicht. Dann sind Sie meine Befreiungsillusion. Aber warum sollte es Sie nicht geben? Warum sollten Sie nicht ähnliche Erfahrungen hinter sich haben! Dann könnten wir uns stumm verständigen. Mit Blicken und Berührungen. Ich bin nicht verwöhnt. Aber bedürftig. Das sehr.

Ihr Wartender

PS
Was soll ich denn tun
wenn ich nicht tun kann
was ich soll.

1. Dezember 2016

Liebe Unbekannte,
wenn ich Durst oder Hunger oder Durst und Hunger ver-
spüre, ist alles gut. Aber wenn ich gegessen und getrunken
habe, weiß ich nicht mehr, was ich tun soll. Ach ja, Bonbons
lutschen. Das geht noch. Aber auch nicht ewig. Irgendwann
ist nichts mehr möglich. Nichts mehr als atmen. Sollte das der
Sinn sein – leben, um zu atmen? Oder atmen, um zu leben?
Doch wie von selbst stellt sich der Wunsch ein, an Sie zu
schreiben. Und da merke ich, dass ich offenbar über eine
Glaubensfähigkeit verfüge wie eh und je! Ich habe immer an
etwas geglaubt. Wenn Sie wollen, zähle ich einmal alles auf,
woran ich geglaubt habe. Auf jeden Fall produziert sich jetzt
in leuchtender Dringlichkeit der Glaube, dass es einen Menschen gebe, der, auch wenn er alles über mich wüsste, mit mir
leben wollte. Oder könnte.
Also jetzt eine Mitteilung über mich. Seit einiger Zeit heiße
ich Justus Mall. Wie ich davor hieß, lasse ich weg. Vorerst.
Nur das Wichtigste: Ich war ein Beamter. Als Jurist bestens
ausgebildet, und dem Staat, seiner bayerischen Version, habe
ich loyal und leidenschaftlich gedient.
Dann ein Vorkommnis, das mich zwang, mich vorzeitig in
den Ruhestand versetzen zu lassen. Bekennen muss ich: Ich
war als Beamter immer dagegen, dass die Parteien den Staat
beherrschen. Demokratie könnte etwas anderes sein als die
durch Wahlen erreichte Herrschaft über einen Staat, über
all das, was in Jahrhunderten zu einem und aus einem Staat
geworden ist. Ich habe im Justizministerium gearbeitet. Habe

mitgearbeitet an der andauernd nötigen Weiterentwicklung der Gesetze. Alles, was wir, die Beamten, erarbeitet haben, muss dann den Parteien und dem Parlament und erst recht den Richtern überlassen werden. Das Parlament, die Parteien, die Richter können sich mit den Früchten unserer Arbeit schmücken. Dass dazu das Spiel Regierung / Opposition gehört, hat mich, je länger ich das mitgekriegt habe, umso mehr angewidert. Ich rede nicht von dem, was Parteien wirklich können. Nur von Gesetzen sollten sie die Finger lassen. Und genau das tun sie nicht. Schlimm genug, was in den Gerichtssälen mit der edlen Richtigkeit unserer Gesetze passiert. Verpolizeilichung und Vergeheimdienstlichung hat es Herr Schünemann, der Erzengel der Strafrechtserforschung, genannt, und die Richter nennt er «abgekapselte Despoten».

Aber in den vorzeitigen Ruhestand wurde ich nicht versetzt, weil ich die Parteienherrschaft für illegitim und die Richter für machtbesessen halte, sondern weil ich mich einmal so benommen habe, wie sich ein Beamter nicht benehmen darf. Dass aus der vorzeitigen Versetzung eine endgültige wurde, damit habe ich zu tun. Dass sich, als ich dran war, niemand für mich einsetzte, von den Parteien sowieso niemand, das hat mich böse überrascht. Aber auch aus den Gerichtssälen niemand, aus dem Bau niemand. Keiner der sogenannten Kollegen. Kein Vorgesetzter. Sie wissen alle, wie ich über den Staat und das Rechtswesen denke.

Dieses, bürgerlich gesprochen, endgültige Missgeschick durfte ich Ihnen nicht verschweigen. Dass es anfing im Opernfoyer in der zweiten Pause von «Tristan und Isolde», ist typisch. Für mich. Lassen Sie sich abschrecken! Sie sind ja frei! Wenn ich nichts von Ihnen höre, weiß ich Bescheid.

Ohne dieses von mir verschuldete Missgeschick in der «Tristan»-Pause wäre ich Jurist, Regierungsrat und so weiter geblieben, und es hätte keine Visitenkarte gegeben, auf der ich
mich hätte Philosoph nennen dürfen. Aber weil ich Philosoph
bin, darf ich schreiben: Die Wirklichkeit ist ein Gespinst aus
erfundenen Fäden.

Ihr Philosoph

PS
Ich
das Prinzip
vieler
weiter als alles
selbst alles.

2. *Dezember 2016*

Liebe Unbekannte,

manchmal erfährt man auch etwas Tröstliches. Neulich Herr Thiele. Er verabredet sich mit mir, ich gehe hin, dann gibt er zu, dass er sich mit mir treffen wollte, weil ich ein so guter Zuhörer sei. Alles, was er mir erzählt, hat jedes Mal Geständnischarakter. Neulich also: Er komme an keinem Mädchen der Anmacharmee (sein Wort) vorbei, ohne dass es ihn zerreißt, ohne dass er den Zwang verspürt, die Lustqual. Kaum ist er auf der Straße, kommt eine auf ihn zu, eine Lachende, mit einem beim Lachen sich öffnenden, einem nur noch empfängerischen Schritt. Für ihn sei ein Gang durch die Straßen ein Spießrutenlauf. Reize prügeln auf ihn ein, sein Widerstand erlischt, er tritt hin vor eine und gesteht. Und das sei, sagt er, das Erstaunliche, er wird meistens verstanden, mitgenommen, erhört. Und wenn er den Fernsehapparat anmacht, was sieht er! Eine Schwarze, die ihre schon unflätig sich weitenden Brüste entblößte und mit einem roten Fingernagel nach ihrer Klitoris grub.

Mich ermutigt ein solches Bekenntnis dazu, mich auch zu bekennen. Wenn sich alle dazu bekennen, dass Lust zur Qual werden kann, sobald sie verboten wird, dann hätten es die Verbieter nicht mehr so leicht, sich im Recht zu fühlen.

Aber ich bekenne: Mir ging es anders als Herrn Thiele. Es gibt kein Gefühl ohne Anlass. Ich erlebte das Gefühlserwachen immer, weil ich Blicke, Gesten, Sätze erlebt hatte. Das dann erlebte Gefühl war nie eine Erfindung von mir. Es war ein Feuer, das angezündet worden war. Ich brannte lichterloh.

Und so gut wie immer erlebte ich dann: Die Brandstifterin hat es nicht so gemeint. Sie war schon wieder anderweitig beschäftigt.

Eine Ausnahme: klarer Morgen. In irgendeinem ganz vergangenen Jahr. August. Ich wache auf und weine schon nach ihr. Vor mir stürzen langsam Wasserfälle nieder. Baumkronen fließen schwer zu Boden. Die Stämme biegen sich. Eine irrsinnige Schwere erfasst die Welt um mich herum. Aber sie, sie ritt auf meiner Hand den Grünen Berg hinauf. Im Juli. Morgens um fünf. Durch das kniehohe, nasse Gras. Ob ich mich je wieder fassen kann? Sie hat kein Telefon. Und wenn sie eins hätte, würde ihr Mann dieses Telefon bewachen.

Oder der unvergessliche Blick eines seine Brüste zelebrierenden Mädchens. Andauernd zieht sie das rutschende Leinenkleid über die sich sträubenden Hügel und schaut einen an, als wisse sie, was man, wenn man sie anschaut, denkt. Dabei – das weiß man sicher – weiß sie das nicht.

Mir ist zumute wie einem Angeklagten, der nachgibt, der endlich gesteht. Dass ich, wie es üblich ist, zwischen zwei Frauen gelandet bin, kann Sie, liebe Unbekannte, nicht überrascht haben. Trotzdem ist in dieser banalen Üblichkeit jeder Fall ein besonderer. Darauf bestehen wir, die des üblichsten Vergehens Angeklagten.

Zur Sache: Hätte man die zwei mich Beherrschenden gefragt, was sie mir gegenüber empfänden, wäre sicher in beiden Antworten so etwas wie Liebe vorgekommen. Und wie enttäuscht sie sind von mir.

Also bin ich natürlich auch enttäuscht. Von mir. Ich bin der von mir enttäuschte Liebende. Das haben sie geschafft, die zwei, zwischen denen ich hin- und herleide.

Liebe Unbekannte, ich hoffe, ich könnte Sie lieben, ohne mich zu enttäuschen. Das ist die alles meinende Hoffnung: die absolute Hoffnung. Also Sie müssten mir das Gefühl geben, dass ich von mir als Liebender nicht enttäuscht sein müsste. Ist das zu viel gehofft? Dann vergessen Sie dieses Geständnis. Es war die Laune der Erbitterung.

Die Eine ist prima! Die Andere auch! Ich liebe beide. Vielleicht daher die Enttäuschung. Weil das nicht sein soll, nicht sein darf. Natur oder Gesellschaft, oder Natur und Gesellschaft, wollen das nicht.

Jetzt bilde ich mir ein, ich könnte beide, die Eine und die Andere, nur aufgeben, wenn es Sie gibt!

Wenn ein Mensch nach allem, was er über mich und von mir weiß, noch zusammen sein will mit mir, dann ist das die Erfüllung jeder möglichen Sehnsucht. Dann wären wir, Sie, liebe Unbekannte, und ich, ein Herz und eine Seele. Zwischen uns gäbe es nichts als Verständnis. Wir dürften verstummen, selig für immer.

Ich schwärme! Mir bleibt nichts anderes übrig. Liebe Einzigste, kommen Sie bald. Ich werde nämlich verfolgt von dem Satz: Du kannst es nicht, kannst nicht aufgeben, die und die! Hören Sie, dass ich um Hilfe rufe? Wenn es Sie gibt, kann ich!

Ihr Klient

PS
Von Liebe höre ich reden
und wenn ich dran bin
schweige ich
Liebe sagt ihr und Donnerstag

und die Schneegrenze sinke ins Tal
mit Ketten befahrbar sagt ihr
und Liebe mit Stimmbändern
und Luft die ihr wahrscheinlich
vorher schon eingeatmet habt
wenn ich dran bin
sage ich ja ja der Winter
und winke noch mit der Hand
um anzudeuten dass ich nicht vorbereitet bin.

Sollte Ihnen Vorstehendes unangenehm sein, sagen Sie es
mir, bitte, dann muss ich versuchen, Sie von dergleichen zu
verschonen.

3. Dezember 2016

Liebe Unbekannte,

mir wird nichts so drastisch demonstriert wie meine Un-möglichkeit. Dass ich, bürgerlich gesprochen, unmöglich bin, habe ich heute wieder begriffen.

Heute geht an mir eine junge Frau vorbei mit steilen Brüsten. Ich sage nichts als das: steile Brüste. Und dass ich das gesehen habe. Diese steilen Brüste, von denen ich nichts weiß, als dass sie steil waren, erlebe ich, sagen wir, wie einen gelin-den Stromstoß. Ich weiß nichts von dieser Frau – ein bloßes Mädchen war es nicht –, ich habe das Gesicht, die Person nicht wahrgenommen. Die steilen Brüste bleiben. Eine Zeit lang. Morgen werde ich nicht mehr an sie denken, aber heu-te lösten sie eine Heftigkeitsempfindung aus, gegen die ich mich nicht wehren konnte. Im Gegenteil: Ich hätte am liebs-ten einen Ton angestimmt, einen Gesang zum Ruhm dieser steilen Brüste.

In meiner Umgebung muss ich das, was mir da passiert ist, verschweigen! Dass es so steile Brüste gibt, dass sie öffentlich getragen, demonstrativ getragen werden, vielleicht sogar ag-gressiv, davon darf nicht die Rede sein in meiner Umgebung. Herrn Thieles Anmacharmee darf es nicht geben! Das heißt, wir müssen verschweigen, was uns widerfährt!

Darum schreibe ich an Sie. Dass mir so ein Lebensstromstoß verpasst wird, kann wohl nicht verbietbar sein. Es sei denn durch Muslimisierung!

Ich schreibe an Sie, um zu erfahren, ob Sie, falls es Sie gibt, bei mir, mit mir leben wollten oder könnten, mit mir, einem

Mann, der dann heimkommt zu Ihnen und nicht verschweigen kann, dass ihm gerade steile Brüste begegnet sind. Wenn Sie damit nicht leben wollen oder können, suche ich nicht Sie, sondern eine Frau, die dergleichen Vorkommnis mit, sagen wir, Zärtlichkeit beantworten würde. Das wäre mir eine Hoffnung wert.

Ach, jetzt schicke ich Ihnen doch auch noch einen Text, der mich erreicht hat. Per SMS:

Ich habe dich so arg lieb. Ich möchte dich immer aufessen. Du hast die liebsten Hände und die liebsten Füße und Mund, Zunge, Augen, Nase, Ohrenwatscheln, Augenbrauen, alles lieb, lieb, lieb, Zähne, Zehen, wird alles immer lieber, und DER, so lieb groß und so lieb klein, das Allerallerallerallerliebste. Ich möchte mich ganz auflösen und in dir sein, so bin ich verliebt, ganz schlimm. Eines Tages sieht das auch der liebe Gott ein. Du warst schon ganz in mir. Alle Vergangenheit ist ausgelöscht, du bist so stark und schön für mich. Ich weine. Ich erdrücke dich mit meiner Liebe, ich mache dich kaputt. Ich achte dich so, ich habe keine Angst vor dir. Du bist lieb und gut und herrlich. Du bist ein Mann, mein Mann. Es ist so schön, wenn du mich liebhast, du Vergewaltiger, du Oberarzt, du Weißmantel, du! Du hast so starke Handgelenke, ich liebe dich. Alle anderen Männer haben Ohrfeigengesichter. Du gehst immer, wie wenn du zu kleine Schuhe hättest, dein Gang ist eitel. Du Schulterroller, damit meine ich deine Art zu gehen. Dududu Breitmaul, du Oberlippe, du Lieber, die Couch ist so schön eng, ich möchte mit dir unter Trümmern liegen. Ich will jetzt mit dir schlafen. Ich passe auf DEN auf mit meiner rechten Hand. O du, ich weiß, was Liebe ist, ich fresse dich, ich möchte dich, ich will dich. Und jetzt habe ich mir mit dem Wasserstrahl einen Orgasmus verschafft. In Gedanken an dich.

Dieser SMS-Text ist durch einen Fingerdruck auf die falsche Taste zu mir gekommen. Ich bin nicht gemeint. Aber ich habe jetzt gesehen, was möglich ist, was alles mir fehlt. Vor allem fehlen mir Sie. Und noch einmal zu den Brüsten: Der heiligen Agnes wurden im schönen Catania beide Brüste weggeschnitten.

Ihr Was-Sie-wollen

7. Dezember 2016

Liebe Unbekannte,
es handelt sich nicht um eine momentane Laune, sondern um eine Erfahrung von Anfang an.

Zum Beispiel: Gerda, gerade mal zwanzig, und ich, noch nicht fünfundzwanzig, waren ein paar Wochen verheiratet, hatten und taten alles, was da zu haben und zu tun ist, und wurden besucht von Gerdas Cousine Helene, die sicher schon bald dreißig war. Sie hatte einen munteren, kecken, eigentlich frechen Blick. Sie sah aus, als hätte sie noch nie geweint. Übernachtete bei uns. Wir hatten nur die Schlafcouch. Helene also rechts von mir. Gerda links. Und am Morgen spüre ich, wo ich liege. Beide neben mir hatten leichtes Zeug an. Ich einen sträflingshaften Schlafanzug. Aber ich spürte die Helene rechts von mir deutlicher als die links liegende Gerda. Und ich habe nichts so deutlich erlebt wie die Unmöglichkeit. Die Unmöglichkeit dessen, was jetzt allein möglich sein musste. Kurzum: Ich hob mich unerkannt über Gerda hinaus und wusch mir alles weg, was mir im Weg war. Stehend am Ausguss, Dusche oder Bad gab's nicht. Kälter war noch kein Wasser. Und hilfreicher auch keins.

So fing das an – zwischen zweien.

Zum Beispiel: noch früher! Das Mädchen hieß Irmgard. Da glaubte einer, keinen Atemzug tun zu können, ohne an Irmgard zu denken, er war sechzehn. Und er kriegt sie nicht. Aber wenigstens kriegt sie der, den er mag. Hartmut. Aber als Hartmut sie hat, kann er den nicht mehr ertragen. Er hofft, Irmgard werde dem nicht sagen, was zwischen ihnen war. Zwischen ihnen war nichts, außer dass er glaubte, ohne Irmgard nicht leben zu können. Dann aber nahm einer dem Hartmut die Irmgard weg. Einer, doppelt so alt wie Irmgard. Kinobesitzer. Drei oder vier Kinos gehörten dem. Den nimmt sie. Heirat inklusive. Jetzt ist es ganz aus, dachte er. Dass Hartmut sich Irmgard hat abnehmen lassen! Und dass Irmgard das getan hat! Jetzt ist klar, sie hat, als sie noch zwischen ihm und Hartmut flatterte, immer nur alle gemeint, nie ihn allein. Sie war immer zwischen allen. Ihr waren immer alle möglich. Dass sie jetzt mit dem Kinobesitzer glücklich war, bitte, das ist eben menschenmöglich. Und dagegen darf man nichts haben. Frauen sind nicht weniger disponibel als Männer.

Man kann jeden Eindruck eine Verletzung nennen. Es gibt Verletzungen, die nie mehr heilen. Aber warum sollten sie? Weil sie weh tun? Na und!

Zum Beispiel: die Äthiopierin. In Montreal. Gerda wurde von ihrer Verwandten dorthin gerufen. Tante Olga hieß sie. Gerda stand immer schon im Briefwechsel mit ihr. Außer Gerda hatte Tante Olga keinen Menschen mehr in Deutschland. Die Tante Olga Genannte war die Schwester von Gerdas Großvater, also eigentlich eine Großtante. Die wollte Gerda etwas vererben. Er noch Beamter. Also erst im Urlaub. Dann hin. Hinüber. Nach Montreal. Madison Ave 4087. Eine nicht aufhören könnende Vorstadt aus kleinen Brickstone-Häuschen. Die Tante ist ganz dürr, die Beine sind Stecken. Wahrscheinlich näher bei hundert als bei neunzig. Das Gesicht ein Totenkopfgesicht. Der Mund klafft. Mit ihrer Bedienerin spricht sie nur französisch. Die ist rundrückig. Fleischig. Eine riesige Nase hängt über dem Mund. Mit uns spricht die Tante englisch. Nicht amerikanisches, sondern englisches Englisch.

Die Bedienerin ruft sie Madame. Ihr Sohn wohnt next door. Er sieht Gerda ähnlich. Commercial Artist. Keine Kinder. Tante Olga erzählt und erzählt. Sie haute ab in Limburg, weil sie mit dem Vormund nicht auskam. In Paris verdiente sie Geld als Geigerin in Stummfilm-Kinos. Lernte einen Australier kennen, einen Schafsfarmer, heiratete den, der fiel im Ersten Weltkrieg, sie, noch während des Krieges, nach England, dann nach Kanada, dort ein Colonel, kurze Ehe, von dem der Sohn und ein kleines Pelzgeschäft in der Peel Street. Man nähte zwei Pelze zusammen, schnitt die Klauen weg und hatte einen fur coat. Fünfunddreißig Mädchen arbeiteten für sie. Jetzt noch drei. Sie hat dann nur noch für verkrüppelte Frauen Mode gemacht. Kundinnen von weit her. Selber hat sie nie etwas genäht. I designed. Jetzt aquarelliert sie. Schenkt Gerda ein Bild. Und sie müssen mit hinüber in die Fabrik, wo die drei Mädchen arbeiten. Es wird eine Teestunde. Die drei Mädchen freuen sich. Eine ist aus Äthiopien. Leyla. Sie sitzt dann neben der Tante. Aus ihren kurzen, knappen Shorts gehen die Beine, die braun getönten, groß hervor. Ihre braunen Knie kommen immer wieder über die Tischplatte. Ihre Lippen schließen und lösen sich beim Sprechen immer sehr langsam. Als man sich verabschiedet, stößt sie einen Seufzer aus. Wie sie da steht und die Hand reicht, hat sie nicht nur die Schönheit eines Lebewesens, sondern auch noch die Schönheit einer Frucht. All das Vorgewölbte, Volle. Schon im Gesicht. Wie bei einer Kirsche im höchsten Augenblick. Die Tante ist stolz auf die Äthiopierin. Sie lobt sie. Leyla wird es weit bringen, sagt sie.

Wir dankten und dankten und wussten nicht, wie viel wir erlebt hatten. Kein Wort darüber zu Gerda seitdem. Kein Wort.

Und, ach ja, Leyla hat geraucht. Und die Tante hatte nicht nur nichts dagegen, sondern sagte: Leyla sieht so einsam aus, wenn sie als Einzige raucht. Und Leyla bot ihr eine Zigarette an. Die Zigarette in der dürren Hand sah aus wie die Reklame: Rauchen ist tödlich. Aber in Leylas dunkler Hand leuchtete die Zigarette rein-weiß. Und sie leuchtet immer noch. Immer noch in Leylas Hand.

Liebe Unbekannte, hätte ich mit Ihnen über die Äthiopierin sprechen können? Das fragt Sie

JM

9. *Dezember 2016*

Liebe Unbekannte,

dann doch noch zum Thema «Zwischen zweien».

Im 18. Jahrhundert die große Katharina: zuerst die brave Prinzessin Sophie von Anhalt-Zerbst, dann die Frau von Karl Peter-Ulrich, als Großfürst Peter III. Fjodorowitsch, und sie hatte schnell genug einen polnischen Grafen und war ein Leben lang immer zwischen mehr als zweien. In Sankt Petersburg zog sie ein nicht auf dem Damensattel, sondern sie ritt wie ein Mann, eine Zwillinggeborene mit Mars im dritten Haus.

Und Goethe: zwischen seiner lieben Christiane und Amalie, der Mutter seines Chefs Karl August.

Und Schiller zwischen den Schwestern von L... Und eine davon war seine Frau.

Und Brecht, immer zwischen Helene W. und der Jeweiligen.

Am schönsten, am kunstvollsten hat Richard Strauss in seiner «Ariadne auf Naxos» in der Figur der Zerbinetta vorgeführt, zwischen wie vielen Männern eine Frau leiden und lieben kann. Zerbinetta singt:

Und ach zuweilen
waren es zwei.

Und:

Kam der neue Gott gegangen,
hingegeben war ich stumm.

Für *hingegeben* braucht sie 37 Noten und das abschließende *Ah* reicht über zwei Oktaven. Zerbinetta singt die Legitimität der weiblichen Untreue. Die Aufzählung der Affären, die in Mozarts «Don Giovanni» Leporello leistet, die Registerarie, die singt bei Richard Strauss die Frau selbst.

Zu Diensten,

Ihr

JM

25. Dezember 2016

Liebe Unbekannte,
es liegt am Datum, dass ich Ihnen heute etwas gestehe, was
mich vielleicht lächerlich macht.
Obwohl ich mich betend nicht mehr kenne, wage ich zu empfinden, dass ich betend nie unglücklich war. Ich spüre noch
einen Hauch von Erinnerung. Es sei, spüre ich, eine süße Abwesenheit gewesen. Eine Abwesenheit von allem Beleidigen-
den, Niederdrückenden.
Betend war ich, glaube ich, unerreichbar.
Manchmal sage ich mir noch die Gebetstexte von damals vor.
Vater unser, der Du bist im Himmel … Eine Innigkeitskraft,
die nicht erlischt.
Lachen Sie mich jetzt aus?
Ihr

JM

28. Dezember 2016

Liebe Unbekannte,
das drohende Jahresende mache ich zum Anlass, Ihnen eine Choix aus meinem Wörtergarten zu schicken. Da müsste jeder Satz so viel sagen wie sonst eine ganze Abhandlung. Nehmen Sie's als Sortilège.

Angesichts eines lächelnden Priesters: Vielleicht ist es leichter, keine Frau zu haben als nur eine.

Man muss so tun, als könne man verzichten.

Ich, hundertäugiges Tier, liege um mich herum und beobachte die Ermordung aller meiner Wünsche. Selbstmorde vor allem.

Ein Mann, der es nach hartem Training schaffte, sich selber zu erwürgen.

Qualis artifex pereo. (Nero)

Die Grausamkeit, zu der wir fähig sind gegenüber einer Frau, die wir nicht lieben, nennen wir Ehrlichkeit; aber selbst Lügen, die wir erfinden, um eine Frau, die wir lieben, zu gewinnen, sind ehrlicher als diese ehrliche Grausamkeit.

Macht ist immer Macht über andere. Das will ich nicht.

Mutproben, zu denen man sich Mächtigen gegenüber gezwungen sieht – man muss sie schmähen, nur um zu beweisen, dass man sich von ihnen nicht beeindrucken lässt.

Mächtige sind attraktiv und abstoßend.

Weg von allen, denen gegenüber ich recht haben will.

Vom Rechthabenmüssen zermürbt.

Wenn ich merke, dass ich mich bei jemandem einschmeicheln will, fang ich sofort an, ihn zu beleidigen.

Hier sitze ich besser als dort, wo ich lieber wäre.

Erst wenn du niemanden mehr hast, dem du etwas vorwerfen kannst, näherst du dich dir selbst.

Um jemanden zu unterwerfen, muss man ihn nur loben.

Könnt' ich gehen und wüsste nicht, wohin, wär' es mir, wie es mir jetzt ist.

Jeder Schritt weckt Verbote.

Augustin: Herr, gib mir die Kraft, alles zu tun, was du von mir verlangst. Dann verlange von mir, was du willst.

Ich gestehe mir nicht ein, dass ich mich fürchte. Dann fürchte ich mich weniger.

Denken, wie die Schwäne schwimmen. Über dem eigenen Bild und von selbst.

Die vom Absatzstift bis zum Hüftgelenk reichenden Beine werden immer länger, oben ein Rümpfchen drauf, an dem die Titten wippen. Applaus. Die Ansagerin als Schaumlöscherin. Befund: Zimmerbrand.

Unverständlich zu sein gelingt mir nicht. Darum ist jeder über mich erhaben.

Mein Koffer sagt, wo immer er steht: Du gehörst nicht hierher.

Auf dem Flur die Dame ging vorbei. Ich rauchte eine Zigarette.

Jede nackte Schulter hat's mir angetan.

Keiner, den ich kenne, ist würdig, mich zu retten. Abgesehen davon, dass keiner das will.

Jeder Gedanke tut wichtiger, als er ist.

Das Einzige, was ich gegen mich tun kann, ist rauchen. Aber selbst das tue ich auch für mich.

Gestehe nichts. Leugne. Leugne nicht nur, behaupte das Gegenteil. Lüge!

Durchsichtig sein wie ein Wunsch.

Homers Großmutter soll gesagt haben: Wer ehrlich ist, gibt zu, dass er lügt.

Einem Feind sagen, dass man sich nicht für ihn interessiere.

Unter Haifischen darf man nicht bluten.

Nietzsche: Hat man Charakter, so hat man auch sein typisches Erlebnis, das immer wiederkommt.

Von Gedichten kann man verlangen, dass sie einem bekannt vorkommen.

Ich bin das angebundene Tier, das so tut, als möchte es frei sein, während es mit Genuss die Gefangenenkost frisst.

Mir entkommen möchte ich, aber wohin.

Sobald ich merke, dass ich aufgehört habe zu atmen, atme ich wieder.

Ich bin das Einwickelpapier für eine verdorbene Ware.

Man kann überall anfangen, aber man kann nicht überall aufhören.

Was einen wirklich bewegt, ist immer etwas, was man besser verschweigt, auch vor sich selber.

Mich verbergen in mir. Die Sprache wechseln, dass ich mich nicht mehr verstehe.

Gelebte Lüge ist so viel wert wie gelebte Wahrheit.

Auch ich bin öfter gestürzt als aufgestanden.

Was uns weh tut, zeichnet uns aus.

Sag nichts, aber sag es genau.

Ihr

Justus Mall

28. Januar 2017

Liebe Unbekannte,

wieder einmal Herr Thiele. Und wieder erzählte er, was ich nicht für mich behalten kann. Bitte, urteilen Sie selbst.

Er schlug seine Frau. Dann hackte er sich einen kleinen Finger ab, nicht ganz. Aber fast die Hälfte. Es sollte ihm weher tun, als es ihr weh getan hatte. Der Abhacktag sei dann ein Feiertag ihrer altmodischen Ehe geworden. Er hat seine Frau noch öfter geschlagen. Aber immer hat es ihm weh getan, als hacke er sich einen Finger ab.

Ich musste Ihnen das weitersagen.

Ihr

JM

2. Februar 2017

Liebe Unbekannte,

heute nichts als einen Traum: Ich stand auf, hatte keine Luft mehr, ein paar Leute saßen wie in einer geschmackvollen Tschechow-Inszenierung um mich herum. Ich streckte schon lange die Hände aus. Ich hatte doch keine Luft mehr, konnte schon länger nicht mehr atmen, konnte auch keinen Laut herausbringen. Mein Gott, bis das einer von diesen altmodisch schön angezogenen Leuten begreift! Endlich sagte einer: Einen Arzt! Sofort einen Arzt! Ich konnte nicht reagieren. Ich dachte nur: Lächerlich, in zehn Sekunden werde ich erstickt sein, und da sagt der wie in einer Theater-Inszenierung: Einen Arzt! Dann stürzte ich und erwachte. Atemlos. Am Ersticken.

Diesen Traum schicke ich, weil ich durch Sie in eine Lebenslage kommen will, in der ich vor solchen Träumen verschont sein würde. Das darf ich doch wünschen? Oder gar hoffen!

Und trotzdem, trotzdem, liebe Unbekannte, das Gegenteil ist genauso wahr: Es gibt andere Träume. Viel öfter ist mein Leben im Traum lebendiger, reicher, ja sogar interessanter als in Wirklichkeit. Da passiert doch noch was in unseren Träumen. Und wenn wir aufstehen, stehen die Träume mit uns auf. Eigentlich sind wir nichts als Lastesel unserer Träume. In unseren Träumen gibt es Elfenbeinaugen und Diamantfingernägel. Tiefseewesen mit Raubvogelerfahrungen und seidenen Instinkten sind wir in unseren Träumen. Bei aller Vielsinnigkeit der Traumwelt – am meisten und am liebsten findet in ihr doch das Früheste statt.

Neulich ein Traum, in dem ein früherer Freund die Haupt-
rolle spielte. Vor Jahrzehnten ein Freund, dann ein Verrat, danach keinerlei Beziehung mehr, aber der Traum weiß nichts
von Verrat und Freundschaftsbruch. Im Traum gehen wir
leichtfüßig durch blühende Wiesen und rufen einander liebe
Wörter zu. Der Traum weiß nichts vom Danach. Aufwachend
wundert man sich.

Am allerliebsten sind dem Traum Kindheitszeiten. Unver-
gänglich ist Anton Grübel, im Kirchenchor die größte Stimme: Karl Erb kniet nieder, wenn Anton Grübel in der Mai-
Andacht das Ave-Maria singt. Der Traum lässt ihn singen!
Und schon merke ich, dass ich mich im Verklären verliere.
Der Traum inszeniert die aussichtslosesten Verfolgungsjag-
den ins Kindheitsdorf, in dem dergleichen nie stattgefunden
hat. Dem Traum ist nichts heilig.

Aber wo, wenn nicht im Traum, trete ich auf als ein Mensch,
der entscheidet, wie es der «New York Times» ergehen soll!
Ich höre Politiker an und unterbreche sie und sage, ich sei mit
einem Schäferhund verabredet. Und fahre mit dem Fahrrad
ins Parlament, und sofort stehen alle Abgeordneten auf, mein
Fahrrad brennt, die Abgeordneten rennen nach Löschgeräten,
ich aber reite auf einem Pony durch einen Wald aus viele Meter hohen Tulpen und singe vom Chianti-Wein, bis ich merke,
dass ich aufs Klo muss. Mein Gott, was sind wir tagsüber für
dürftige Wesen!

Noch diesen Traum, einfach weil der so weit geht, wie eben
nur Träume gehen können. Geträumt: Ich muss mich selber
essen. Ich fange an, esse mich, denke aber: Wird der Mund,
mit dem ich mich esse, übrig bleiben? Nein. Es ist ganz klar,
traumklar, der Mund wird sich selber essen.

Und was mir in meinen Träumen mit Frauen passiert, kann ich Ihnen nicht sagen. Noch nicht. Was mir in meinen Träumen mit Frauen passiert, muss ich wenigstens andeuten. Gestern Nacht zum Beispiel: Ein Mädchen nackt im Sand, ich umschlinge es, nichts hat sich je so angefühlt wie dieser Körper. Jenseits des Mädchens seine Mutter, die mit mir über ihre Tochter spricht. Darüber lacht die Tochter. Aber wichtig ist allein, dass ich Arme habe, um das Mädchen von hinten zu umfassen, und das Umfassen nimmt und nimmt zu, und die Mutter spricht. Auf jeden Fall erwache ich dann in einer Wirklichkeit, in der ich die süße Wucht der Traumwelt verschweigen muss.

Es gibt aber auch Traumarbeit. Das sind Träume, in denen gegen mich agiert wird. Da wird auf Traumart abgerechnet mit mir. Neulich zum Beispiel. Ein namhafter Zeitgenosse, ein prominenter Intellektueller, brüllt mich an, wirft mir Wörter vor, die es nicht gibt. Aufgewacht sehe ich: Dieser Prominente ist bis jetzt freundlich mit mir umgegangen. Aber ich hatte immer das Gefühl, dass er sich bemühen muss, wenn er zu mir freundlich ist. Die Traumarbeit erledigt dieses Problem: Ich werde hemmungslos angeschrien von diesem Prominenten. Und erfahre so im Traum, wie der und was der wirklich über mich denkt.

Ihr

Justus Mall

PS
Schweigen
ist das mit dem Mund still sein

dann wäre es leicht
aber sonst …
wie ehrlich sein.

3. Februar 2017

Liebe Unbekannté,
was sagen Sie dazu – Silke schreibt mir jetzt nur noch in Englisch. Begründung: Sie sei zu lange mit deutschen Wörtern
betrogen worden. Wenn sie in den Spiegel schaue, sage ihr
Mund: Don't be a dope.
Unsurmountable nennt sie, was ich zwischen uns produziert
habe. Sie habe durch mich erfahren, dass sie a puff of wind sei.
Und ich: a disgusting pretender. Meine ganze Existenz, ein
einziges wishy-washy. Jeden Abend könne sie nur einschlafen
mit dem Wort surcease.
Aber ich bin an Silke gebunden mit einem Strick, den ich nur
Schicksal nennen kann.
Liebe Unbekannte, es ist zwar grotesk, aber ich gestehe es
trotzdem: Sie, nur Sie, könnten mich … befreien! Falls es Sie
gäbe.

Ihr Ohnmächtiger

22. *Februar 2017*

Liebe Unbekannte,

weil es sich diesmal um die Darstellung von Vorgängen sowohl geistiger wie gesellschaftlicher Art handelt, wähle ich
die dritte Person und hoffe, dass ich für Sie und für mich so
zurechnungsfähiger erscheine als in der immer bekenntnis-
süchtigen ersten Person.

Also: Herr Steinbrecher und er waren auf halb drei im Café
Luitpold verabredet. Wie immer fuhr er so ab, dass er schon
eine Viertelstunde vorher da sein würde. Dann war eine
seiner Straßen in die Innenstadt gesperrt. Bauarbeiten. Er
musste eine Umleitung nach der anderen fahren, kam aber
trotzdem zwei Minuten vor halb ins Café. Herr Steinbrecher
war nicht da. Um Viertel vor drei war eine SMS eingegangen.
Hat verschlafen. Eine ihrer Dürftigkeit wegen glaubhafte Ent-
schuldigung. Schlägt vor: Morgen zur gleichen Zeit am gleichen Ort.

Er wollte Steinbrecher sofort mitteilen, dass er einverstanden
sei, dann fiel ihm das Handy, als er es aus der Tasche zog, auf
den Boden. Er bückte sich, sah nirgends das Handy. Da rief
schon der Ober besorgt: Ist was passiert? Kann ich Ihnen
helfen? Justus fuhr auf, zu schnell, und stieß mit dem Kopf an
eine Ecke der Tischplatte. Er spürte nicht nur den Schmerz,
sondern auch das Blut. Da er blutverdünnende Mittel nahm,
rann aus dem Riss an der Schläfe gleich mehr Blut, als man
erwarten würde. Aber der Ober war ein Engel. Sofort war er
mit Mullzeug und Pflaster da und entließ seinen Gast dann
wohlversorgt. Der dankte, sosehr er konnte.

Sobald er im Auto saß, fiel ihm ein, dass er sein Handy nicht gefunden hatte. Also zurück. So peinlich es war, er musste gestehen, dass er vorher das Handy vergeblich gesucht hatte. Der Ober, mindestens eins neunzig groß, bückte sich, hatte das Handy und reichte es ihm. Also noch einmal ein Dankgesang. Und ins Auto. Jetzt konnte er Steinbrecher melden: Ja, morgen zur gleichen Zeit. Aber das Handy reagierte nicht mehr. Er probierte alles, was ihm einfiel. Umsonst.

Da er nun schon in der Stadt war, ging er zu Fuß hinüber in die Apple-Filiale in der Seitenstraße vom Marienplatz. Bis er dran war und das Handy aus kundigen Händen repariert zurückbekam und wieder sein Auto erreichte, war die vorbezahlte Parkzeit abgelaufen; hinter dem Scheibenwischer der Strafzettel. Aber jetzt konnte er wenigstens Herrn Steinbrecher mitteilen: Morgen um die gleiche Zeit, einverstanden.

Er bog zu knapp aus der Parklücke heraus und streifte das Auto daneben am Kotflügel. Er stieg aus, besah den Schaden, klemmte seine Visitenkarte unter den Scheibenwischer. Auf die Rückseite hatte er geschrieben, dass er für den Schaden aufkommen werde.

Dann hinaus in die Vorstadt. Seine Frau erschrak, als sie das Pflaster sah. Sie löste es vorsichtig ab, ersetzte es durch ein kleineres, weniger dramatisch wirkendes.

Wie recht du hast, sagte er. Stell dir vor, Dr. Sesenheimer sieht mich mit diesem Pflaster. Dann glaubt er, ich sei am Ende, also kann er die Rückzahlung wieder aufschieben.

Dr. Sesenheimer hat angerufen, sagte sie. Aus Berlin. Er hatte sich um etwas beworben, wurde eingeladen, persönlich zu erscheinen, für heute war der Rückflug geplant, da musste er in letzter Sekunde das Flugzeug verlassen, ein Anfall von

Flugangst. So stark sei bisher noch kein Flugangstanfall gewesen. Er könne jetzt sicher vierundzwanzig Stunden nicht fliegen.

Justus sagte: Entweder ist es wirklich so, oder es ist eine gute Ausrede, Flugangst! Also kommt er heute Abend nicht mit dem Scheck!

Haben wir den Abend für uns, sagte sie.

Aber kein Geld, dachte er.

Und sie: Sie habe nicht begriffen, warum Dr. Sesenheimer ihr dann noch die ganze Geschichte von seinem Sohn Holger erzählt habe.

Verschone mich, sagte Justus, ich kann die Holger-Geschichte auswendig.

Und sie: Der glaubt offenbar, du habest mir nichts von Holger erzählt. Darum musste ich mir das anhören.

Und er: Du hättest ihm die Holger-Geschichte aufsagen müssen. Mit neun in ein Auto gerannt, ein Auge verloren, dann der Skisturz, Milzriss, Milz entfernt, die Niere soll übernehmen und tut's nicht.

Und dass sie ihm ein elektrisches Klavier gekauft haben, sagte Gerda.

Justus erinnerte Gerda an das erste Treffen, um das Dr. Sesenheimer gebeten hatte. Da hatte er die Holger-Geschichte vorgetragen und gesagt: Wenn Holger nicht wäre, hätte er sich längst abgemurkst. Daraufhin hatte Justus der Verschiebung des Zahlungstermins um zwei Wochen zugestimmt. Es war eine Fehlentscheidung gewesen.

Und Gerda: Das alles, weil er fünftausend mehr bot als der Händler, der unser schönes Auto in Zahlung nehmen wollte.

Wir waren geldgierig, sagte Justus. Und jetzt lässt der einen

Termin nach dem anderen platzen, und immer mit glaubhaften Ausreden.

Was geht uns die Milz seines Sohnes an, sagte Gerda.

Justus: Flugangst! Ja, was denn noch!

Und Gerda: Er weiß eben, auf was du reinfällst. Erinnere dich, sein Vater, religiöser Sozialist, Berichterstatter bei den Ostverträgen, da bist du doch sofort hingeschmolzen, hast den Zahlungstermin wieder zwei Wochen hinausgeschoben.

Und er: Gerda, ich weiß, dass ich ein Idiot bin. Und bin trotzdem einer.

Dann sei wenigstens mein Idiot, sagte Gerda.

Du musst mich entmündigen lassen, sagte er.

Und Gerda: Gern, mein Schatz! Wart's ab! Da ist noch ein Problem, pass auf!

Und holte aus dem Büro mehrere Schriftstücke.

Frau Dr. Placidia Riebsamen!

Die trockene Scheide, sagte er.

Und war noch nie so trocken wie jetzt, sagte Gerda. Unsere Nachbarin teilt mit, sie habe alles mit der Stadt geklärt, unsere zwei Thujen müssten gefällt werden. Borkenkäfer. Das sei Gesetz. Damit nicht alle Bäume des Viertels vom Borkenkäfer befallen würden, müssten die vom Borkenkäfer befallenen Bäume möglichst schnell gefällt und abtransportiert werden. Sie hat offenbar Äste, die zu ihr hinüberwuchsen, abgesägt und zur Prüfung bei dem zuständigen Amt eingereicht. Eine Kopie des amtlichen Schreibens hat sie dazugelegt. Sie erwartet eine schriftliche Erklärung, dass eine Gartenbaufirma tätig werden kann.

Die trockene Scheide, sagte er.

Sie ist eben Anwältin, sagte Gerda. Hör dir das an, sagte sie,

ich lese mal was aus dem Brief vor: «Auf Ihrem Grundstück
stehen seit Jahren – hörst du, Just, seit Jahren! – zwei abgestorbene Thujen. Inzwischen sind Borkenkäfer am Werk und
werden alle Bäume des Viertels zerstören, wenn Sie nicht
schnellstmöglich die Thujen fällen und beseitigen lassen.»
Und jetzt, hör dir das an: «Es handelt sich um die Bäume
aus Ihrer Sicht links-mittig am Zaun.» Und das: «Um eine
schnellstmögliche Durchführung zu ermöglichen, habe ich
auf meine eigenen Kosten bereits die Fällgenehmigung der
Stadt eingeholt und die ortsansässige Firma Kreisler, Garten-
bau, aus der Kellerstraße um einen Kostenvoranschlag gebeten.» Liegt bei. Knapp elfhundert Euro. Und jetzt: Sie möchte,
dass wir das unverzüglich bewerkstelligen, horch, «da die
Stadt München mit mir wegen der Beseitigung der großen
Gefahrenquelle für alle Nachbargärten im Viertel in Kontakt
ist». Es sei wichtig, dass sie den Vollzug dann gleich melden
kann.
Die trockene Scheide übertrifft sich selber, sagte Justus.
Und Gerda sagte, am lustigsten finde sie den Brief der Stadt
an die trockene Scheide. Da steht nämlich, pass auf, «dass
abgestorbene Gehölze nicht mehr den Bestimmungen der
Baumschutzverordnung der Landeshauptstadt München
unterliegen, da die Baumschutzverordnung nur lebende Gehölze schützt. Abgestorbener Baumbestand könne ohne Genehmigung gefällt werden.» Dann kommt aber erst der Clou.
Zwar darf ohne Genehmigung gefällt werden, aber nur dann,
wenn keine Vögel oder, horch, «von ihnen belegte Fortpflan-
zungs- und Ruhestätten dadurch beeinträchtigt werden können». Und jetzt: «Wenn die Durchführung einer beeinträchti-
genden Maßnahme dennoch unvermeidbar ist, bedürfen Sie,

um einen Verstoß wegen Ordnungswidrigkeiten oder sogar Strafrecht nach Paragraph 69 und 71 Bundesnaturschutzgesetz und ein behördliches Einschreiten zu vermeiden, einer Ausnahmegenehmigung beziehungsweise Befreiung durch die dafür zuständige Höhere Naturschutzbehörde der Regierung von Oberbayern …»

Gerda, bitte, verschone mich!

Aber sie: Wer ist der Jurist! Du oder ich? Kapierst du nicht? Unsere Thujen sind Fortpflanzungsstätten für Amseln! Damit können wir die Fällung verhindern!

Und er: Diesen Prozess musst du führen. So lieb mir unsere Amseln sind, ich habe keine Lust und keine Kraft, gegen die trockene Scheide zu prozessieren.

Und sie: Ich werde verhindern, dass sie diese Ausnahmegenehmigung bekommt. Und wenn ich schützenswerte Vogelarten erfinden muss! Ich rette deine Thujen!

Er tat so, als glaube er, dass Gerda das schaffen könnte. Aber ihm war klar, dass sich die trockene Scheide nicht stoppen ließ. Die hatte längst gemerkt, wie unbeliebt sie bei Gerda und Just war. Wahrscheinlich hatte sie sogar mitgekriegt, dass die Thujen seine Lieblingsbäume waren. Auf der Terrasse sitzend, hatte er das mehr als einmal gesagt. Vielleicht wusste sie sogar, dass sie in diesem Haus nicht Frau Dr. Riebsamen, sondern die trockene Scheide hieß. Und jetzt war sie endlich darauf gekommen, wie sie ihn seiner Lieblingsbäume berauben konnte. Eine der beiden Thujen teilte sich einen Meter über dem Boden in drei Stämme. Er hatte, als Gerlinde noch klein war, für sie zwischen diesen drei Stämmen ein Nest gebaut. Viele Sommer lang war das Thujanest Gerlindes Lieblingsplatz gewesen. Auch das hatte die trockene Scheide sicher mitgekriegt. Die kriegte ja alles mit. Wahrscheinlich hat sie Beobachtungs- und Aufnahmemaschinen installieren lassen. Ab Mitte April lässt sie in nicht kalkulierbaren Zeitabständen einen Roboter ihren Rasen mähen. Den kann sie wahrscheinlich per Fernschaltung aus ihrer Anwaltskanzlei in der Prinzregentenstraße einschalten und ihn so laut dröhnen lassen, wie es ihr gefällt. Der Nachmittagsschlaf, den er so nötig hatte, hing dann davon ab, wo und wann sie ihren Mähroboter aktivierte. Dass jetzt seine Thujen dran waren, war ein Beweis dafür, dass sie einen Plan hatte, nach dem sie gegen ihn vorgehen konnte. Die Thujen vor Jahren abgestorben! Aber ausgerechnet heute schlägt sie zu!

Gerda hatte das Essen aufgetragen und während des Essens ununterbrochen geredet. Die Attacke der trockenen Scheide hatte sie offenbar in eine Hochstimmung gebracht. Sie freute sich auf den Krieg.

Er sagte irgendwann, dass er lieber an diesem Abend nichts mehr hören würde, was mit der trockenen Scheide zu tun habe.

Ach, Just, sagte sie. Und dann: Sie habe ihn mit dem Gerede über die trockene Scheide nur davon abhalten wollen, dass er frage, warum Gerlinde nicht da sei und mit ihnen esse. Jetzt merke sie, dass sie selber davon anfangen müsse. Gerlinde habe sich verabschiedet. Sie ziehe zu einer Freundin, die sich auch entschlossen habe, das Abitur nicht zu machen. Die Vorprüfungen hätten ihr und ihrer Freundin bewiesen, dass es der Sinn dieser Prüfungen sei, Schüler durchfallen zu lassen. Beispiel: In der englischen Konversation wurde sie gefragt, wer bei Shakespeare die Lady Macbeth gespielt habe, das habe sie nicht gewusst. Darauf der Prüfende: Ein Schauspieler. Weil Frauen damals nicht spielen durften. Gerlinde wolle jetzt zwei Wochen lang mit ihrer Freundin nachdenken, was sie statt des Abiturs machen könnten.

Und was gibt es im Fernsehen, sagte er.

Gerda las vor.

Nichts, was er sehen wollte. Er entschuldigte sich dafür, dass er ins Bett müsse. Gerda blieb noch. Dass sie in aller Friedlichkeit in zwei Zimmern schliefen, empfand er wieder einmal als angenehm.

Seine Füße schmerzten grell und ließen ihn an nichts anderes mehr denken. Dass eingeschlafene Füße vor Eingeschlafenheit schmerzten, war nichts Neues. Oft genug musste er wieder aufstehen und herumstampfen, bis die Füße wieder seine Füße waren. Mit schmerzhaft eingeschlafenen Füßen konnte er nicht schlafen. Es ist ein aggressives Eingeschlafensein. Dann die Vorstellung. Was die Füße jetzt beherrschte, könnte nach oben steigen! Diese spitze, tausendnadelige Aggression! Dass so etwas eingeschlafene Füße hieß!

Er brachte es fertig, an Herrn Steinbrecher zu denken. Dem Treffen mit dem konnte er getrost entgegensehen. Der prahlte jedes Mal damit, wie gut es ihm gehe. Achtzig Paar Schuhe hat er, italienische, handgemacht, und seine Hosenträgerhose geht ihm bis an die Brust, maßgeschneidert! Und sein Lebensmotto: Wer etwas einsieht, ist verloren. Sein Institut für Beziehungsforschung hat ihn reich gemacht. Ich mache euch reich. Ein Slogan von ihm.

Dann musste er doch aufstehen, eine Stunde lang im Zimmer herumtrampeln. Todesangst, weil die Füße … Lächerlich.

Er konnte nur noch an Gerlinde denken. Er würde sie zurückholen. Mit ihm würde sie zurückkommen. Zwischen ihm und

Gerlinde gab es ein Einverständnis wie mit keinem anderen Menschen ...

Er konnte nicht an Gerlinde denken, ohne an Gerda zu denken. Gerda hatte, als sie sich über die trockene Scheide aufregte, immer wieder an ihre linke Seite gegriffen. Ihr Leiden, das sie nicht zugeben wollte, für das sie immer Stimmungen verantwortlich machte. Er merkte, dass er an nichts als an Gerdas Leiden denken konnte.

Liebe Unbekannte, ich habe mich verrannt. Aber wenn Sie nicht alles wissen, können Sie sich nicht für oder gegen mich entscheiden. Ich existiere unter allzu wirklichen Bedingungen. Morgen mehr!

Ihr Bewerber

23. Februar 2017

Liebe Unbekannte,
jetzt erst komme ich zu dem Faktum, auf das ich gestern zu-
steuerte. Herr Ulrich Steinbrecher. Wie es mit dem gegangen
ist, das ist nicht verständlich, wenn Sie nicht wissen, in welcher Lage ich war, als er mit mir Kontakt suchte. Ich kehre
zurück zum «er».
Verabredet waren sie wieder im Café Luitpold. Also er mit
Steinbrecher. Der hat das Institut für Beziehungsforschung
erfunden, und er leitet es. Ins Café kam er zehn Minuten
später als verabredet, aber dann legte er los, als habe er schon
lange darauf gewartet, Justus Mall zu erzählen, was er ihm,
nur ihm zu erzählen habe.
Er habe von Mall zwei Bücher gelesen und diverse Aufsätze.
Mall könne schreiben, aber er habe keine Einfälle. Hat man
ein Buch von ihm gelesen, zum Beispiel das über den Irrtum
als Erkenntnisquelle oder das über die Wahrheit als Mutter der
Lüge, dann wisse man nachher nicht mehr, was man gelesen
habe. Nur dass man gern gelesen habe, das wisse man noch.
Und genau deshalb dränge er darauf, mit Mall in Kontakt zu
kommen. Er, Steinbrecher, habe eine revolutionäre Botschaft.
Die heißt: Lesen. Aber etwas Überflüssiges. Etwas, womit du
nichts anfangen kannst. Geschrieben muss es so sein, dass
du nicht aufhörst zu lesen, obwohl du mit dem Gelesenen
nichts anfangen kannst. Dann wird dir empfohlen, etwas
Überflüssiges zu tun. Das wird dir empfohlen als die Lösung
aller Probleme, also als das Heil überhaupt. Und versprochen
wird, dass eben das, das Lesen und Tun des Überflüssigen, in

dir Kräfte erwachen lässt, von denen du nichts gewusst hast.
Du warst immer im Druck. Im Druck von Zielen und Zwecken. Also im Druck von Notwendigkeiten. Jetzt aber: einverstanden sein mit Ziel- und Zwecklosigkeit! Mall schreibt das,
und eben so, dass man es gerne liest, Steinbrecher bringt es in
die Welt. Unter seinem Namen. Er sorgt für die Verbreitung.
Dann kommen die Leute zu ihm. Darauf freut er sich. Und er
bezahlt Mall gut! Besser auf jeden Fall, als er je von Verlagen
und Redaktionen bezahlt worden ist.

Mall gab zu bedenken, dass es angesichts der Mängel, die die
Welt beherrschten, als Zynismus erscheinen könne, das Überflüssige so zu propagieren.

Steinbrecher lächelte. Danke, danke, danke, sagte er. Er habe
alles bedacht und durchdacht. Mall solle einfach schreiben.
Er, Steinbrecher, vertraue darauf, dass seine revolutionäre
Idee dann so wirke, wie er das voraussehe: heilend, ja, als das
Heil selbst. Als die Geburt der Freiheit im Geiste der Musik,
um einmal den von Mall gern zitierten Erzphilosophen her-
zubitten.

Mall bezweifelte, dass er, der bisher alles, was er dachte und
schrieb, unter dem Motiv Notwendigkeit gedacht und geschrieben habe, dass ausgerechnet er die Ziel- und Zwecklosigkeit glaubhaft preisen könne.

Steinbrecher ließ sich nicht abbringen davon, dass keiner so
berufen sei wie Justus Mall, das Überflüssige darzustellen
als das Tor zum Reich der Freiheit. Dass für die Menschheit
nichts so notwendig sei wie Freiheit, daran dürfe man nach
zehntausend Jahren Geschichte wohl nicht mehr zweifeln.
Und dass alle bisherigen Revolutionen nur die äußere Freiheit ein wenig näher gebracht hätten, sei auch klar. Jetzt also

die Befreiung des Menschen selbst. Und das durch die Entde-
ckung des Überflüssigen. Er verzichte darauf, Mall von etwas
überzeugen zu wollen. Er sage voraus, dass Mall nach dieser
Café-Plauderei selber spüren, entdecken, genießen lerne, was
das Überflüssige sei, sein könne, auch für ihn. Zugegeben,
Mall sei sein erster Test. Werde Mall von der revolutionären
Idee ergriffen, dann werde die Idee selber den Rest besorgen,
das heißt, die Welt erobern.

Liebe Unbekannte, Herr Steinbrecher kennt Justus Mall nur
von Textoberflächen, aber nicht vom Textinneren. Er weiß ja
nicht, was Justus Mall schon hinter sich hat. Er musste Steinbrecher aufklären.

Allerdings hat sich Steinbrecher in einer Hinsicht nicht ge-
täuscht. Seine Idee hat bei Mall, in Mall gewirkt. Steinbrecher hat offenbar gewusst, an wen er sich wendet. Es gibt
Intellektuelle, auch in der Philosophie, die hätten sich nicht
so leicht fangen lassen wie Mall. Das versprochene Geld mag
auch gewirkt haben. Mall brauchte immer mehr Geld, als er
verdiente. Und der Reiz, etwas zu schreiben, was ihm nachher
nicht so und so öffentlich angerechnet werden konnte, mag
auch gewirkt haben. Und die mit dem ganzen Unternehmen
verbundene Erzlüge, dass Mall das Überflüssige preist, um damit Geld zu verdienen! Endlich eine Absurdität! Aber davon
weiß Steinbrecher nichts. Er verdient in allen fünf Kontinen-
ten Geld durch gekonnte Spekulationen. Und hierzulande
blüht sein Institut für Beziehungsforschung.

Typisch für Mall ist auch, dass er zusagen wollte, ohne die
geringste Ahnung davon zu haben, was er über das Überflüssige schreiben könnte. Er hat oft genug ja gesagt, ohne zu
wissen, was daraus werden würde. Ihm liegt Ja mehr als Nein!

Es kann an den Wörtern liegen. Dass es im Chinesischen keine Wörter für Ja und Nein gibt, hat ihn immer schon für das chinesische Denken eingenommen. Aber als Mall bei einem weiteren Treffen im Luitpold hätte endgültig ja sagen müssen, sagte er nein!

Liebe Unbekannte, was er Herrn Steinbrecher präsentierte, ist ein Selbstporträt. Er musste Herrn Steinbrecher schildern, was bevorstünde, wenn Mall über das Überflüssige schriebe. Erstens würde sein Chef-Aufpasser DPA entdecken und durch Zitate gründlichst nachweisen, dass Mall der Verfasser der Rühmung des Überflüssigen ist. Dann wäre es für DPA ein Freudenfest nachzuweisen, warum Mall unter dem Namen Steinbrecher über das Überflüssige schreibe. Vor allem: Er würde nachweisen, dass nichts so überflüssig ist wie dieses Buch über das Überflüssige.

Mall gab Herrn Steinbrecher ein Beispiel: Vor vier Jahren das Büchlein «Selbstbildnis Otto Iks». Das war der Versuch, die menschliche Existenz mit einem Zaun aus Wörtern zu umgeben, aus schützenden Wörtern, aus das Nichts abwehrenden Wörtern. DPA hat aus dem Selbstbildnis eine Fotografie gemacht. Dass der Titel an Otto Dix erinnern sollte, ist ihm nicht aufgefallen. Und sowenig man aus einem Otto-Dix-Bild eine Fotografie machen darf, sowenig darf aus diesem Text der reinen Existenz-Frequenz eine vom Wahrheitsgewerbe abzusegnende Mitteilung werden. Alles, was im Text Spiel war, machte DPA zu Identifizierungsmaterial gegen den Autor.

Also bitte, forderte Mall Herrn Steinbrecher auf, bedenken Sie, was der mit Ihrer Idee vom Überflüssigen anfangen würde, wenn er entdecken sollte, dass Mall der Autor ist.

Sie nahmen Abschied voneinander.

Eine Woche später rief Mall Steinbrecher an und sagte zu!
Das war nach einer Nacht ohne Schlaf. Schmerzen, gegen die
kein Mittel half. Durchgewacht, bis es Tag war. Dann aber
wild entschlossen, etwas zu tun, was er sich gestern noch
nicht hätte vorstellen können. Er fühlte sich verpflichtet,
rücksichtslos zu sein gegen sich selbst. Und: bedenkenlos!
Als er zugesagt und Herrn Steinbrechers Jubelschrei kassiert
hatte, war ihm durch und durch wohl. Was sein muss, muss
sein. Und ganz beherrscht war er von der Sehnsucht nach
einem Kontinent, auf dem alles misslingen darf.
Inzwischen können Sie, liebe Unbekannte, sogar mitgekriegt
haben, was das Überflüssige unter Steinbrechers Namen in
der medialen Welt bewirkt hat. Zum Glück lässt sich, was ein
Buch bewirkt, nicht messen. Ihnen, liebe Unbekannte, darf
ich, muss ich gestehen, dass mich das Überflüssige mehr bewegt hat, als ich anfangs dachte. Ich fühlte mich ertappt. Und
konnte deshalb drauflosschreiben. Halt wie immer.
Ich habe das Überflüssige zur Utopie gemacht, die es wert
wäre, Wirklichkeit zu werden. Wenn wir doch alle nur noch
mit Überflüssigem beschäftigt wären! Das wäre doch tatsächlich das Reich der Freiheit beziehungsweise die Rückkehr ins
Paradies. Aus dem wir, weil wir alles schon hinter uns hätten,
nicht mehr zu vertreiben wären. Das sind Gedanken, die sich
jeder machen kann. Aber ich gebe zu, dass in mir eine Erfahrung geweckt wurde. Ich war oft genug eingeladen worden,
hatte heftig entsprochen und dann die Demonstration meiner
Überflüssigkeit erlebt. Aus dieser Erfahrung gewann ich das
wirkliche Gewürz für meine utopische Suppe.
Wenn ich verurteilenswert bin, bin ich auch wert, verteidigt
zu werden. Meint der Philosoph.

An Sie schreibe ich, weil ich hoffe, es gebe Sie und Sie seien bereit, mit mir zu leben, auch wenn ich mich nicht verstelle.

Ihr vielseitiger Verehrer

PS
Ach ja, das Schicksal oder – was das Gleiche ist – der liebe Gott hat verfügt, dass DPA mit einem Hörsturz ins Krankenhaus kam und dort in ein Koma versetzt werden musste. Wahrscheinlich, bis es zu spät sein würde, «Das Tor zur Freiheit» noch herunterzumachen. Dazu darf ich Ihnen doch mitteilen, dass ich nie aus der Kirche ausgetreten bin.

25. Februar 2017

Liebe Unbekannte,

ich glaube, ich muss Ihnen jetzt doch noch ein Wort zu DPA sagen. Sobald ich erlebte, dass er sich auf mich spezialisiert hat, habe ich versucht, über ihn mehr zu wissen, als er über mich weiß. Ohne Andi hätte ich das nicht geschafft. Andi Gold, den Namen kennen Sie, auch wenn Sie sein Stück «Trio» nicht gesehen haben. Kein Schwuler hat sich so nachhaltig zu seiner Natur bekannt wie er. Mich hat sein Stück interessiert, nachdem ich in der Zeitung gelesen hatte, sein Drei-Personen-Stück werde von zwei Schauspielern gespielt. Von einem Mann und einer Frau. Aber die Schauspielerin spielt sowohl die Frau als auch die Geliebte des Mannes.

Sie begreifen, dass mich das interessieren musste. Ich ging hin, und das Stück sagte mir mehr als alles, was ich darüber gelesen hatte. Das ist zwanzig Jahre her, Andi hat seitdem nichts mehr geschrieben. Er machte dann etwas, das man damals Happening nannte. Da produzierte er sich so schamlos wie möglich. Es hagelte Verbote. Er machte weiter. Wurde eingesperrt. Machte weiter. Öffentliches Ärgernis, das war jetzt sein Thema. Die Behörde merkte, dass er davon lebte, verboten zu werden. Sobald er nicht mehr verboten wurde, hatte er kein Publikum mehr.

Ich gehöre zu denen, die ihm treu geblieben sind. Wir wurden Freunde. Wenn ich Talent zum Schwulsein hätte, wäre er mein Mädchen. Sein Reiz ist echt.

Seit er nicht mehr auftritt, ist er ein Informant. Er wuselt durch alle Szenen. Spionage ist seine Leidenschaft. Er hat mir gestanden, dass er sich dafür auch bezahlen lasse. Nicht wegen des Geldes, sondern wegen der Unanständigkeit! Denunziation, das ist sein Geschäft. Mir gestand er, dass er am liebsten Gerüchte erfinde, mit deren Hilfe er Bessergestellte gegen einander hetzen könne. Sie haben ja alle etwas zu verheimlichen, sagt er, das sei sein Job, die Ausbeutung der Verlogenheit, um die Lügner gegen einander aufzubringen. Sie spielen alle mein Stück, gestand er mir einmal.

Dass er sich mir ganz öffnete, lag wohl daran, dass ich ihn so bewunderte. Er spürte, dass meine Bewunderung echt war. Es war Liebe.

Was DPA für mich war, hat Andi selber bemerkt. Seitdem versorgt er mich. Er kommt in Milieus, in denen auch DPA verkehrt. DPA samt seiner Frau Lotti. Sie nennt ihren Paul, auch wenn Leute dabei sind, Pol. Oder auch Gatto! Und Sie sprechen einander immer mit Liebling an. Nein, Liebling, da täuschst du dich nicht, sagt er, wenn sie zum Schein gesteht, dass sie sich vielleicht doch täusche. Oder er sagt, er werde erst weitersprechen, wenn Lotti dem, was er gerade gesagt habe, zustimme.

Alles, was Andi mir brachte, bewies, dass DPA, wo auch immer er mit seiner Lotti auftauchte, von seiner Prominenz lebte. Das Prominentsein ist ihm offenbar zur Natur geworden. Und er ist in seinen Kreisen immer der Prominenteste. Und es gab nichts, worüber die beiden nicht öffentlich redeten. Lotti hatte sich im Badezimmer eine Zehe gebrochen. Die neben der kleinen Zehe. Sie klagte ausführlich über die Schmerzen und lobte ihren Pol, weil der sofort einen Arzt hatte kommen lassen, der sie versorgte und den Schmerz linderte. Und er: Aber du gibst zu, Liebling – wenn man weiß, was es ist, ist es nicht mehr ganz so schlimm. Liebling, du sagst es, sagte sie. Dass sie jeden Morgen erst aufstehen kann, wenn ihr Pol den grünen Tee ans Bett gebracht hat, und zwar den mit Jasminaroma, das weiß inzwischen auch jeder, der zu den besseren Kreisen Zugang hat. Und dass sie sich die zweiflügelige Haustür an ihrem Barockpalais mit nicht mehr sichtbaren Stahlschienen hatten verstärken lassen, war auch bekannt.

Andi merkte natürlich, dass ich für DPA-Nachrichten empfänglich war. Erklären konnte ich mir diese spezielle Unersättlichkeit nicht. Nichts von dem, was Andi herschaffte, taugte dazu, irgendeines der gegen mich formulierten DPA-Argumente zu schwächen oder gar zu widerlegen. Und trotzdem dieses Bedürfnis nach blöden Details.

Inzwischen versuche ich, mir zu sagen, diese sinnlosen Einzelheiten strömten eine Komik aus, die ihrerseits eine Temperatur habe. Wärme ist zu viel gesagt. Und trotzdem ist es das: eine Art Wärme.

Verzeihen Sie

Ihrem Schwächling

28. Februar 2017

Liebe Unbekannte,

weil ich mich neulich so vollmundig als erfolgreicher Dienst-
leistender angepriesen habe, muss ich noch nachfügen, was
mir die Erfahrung bescherte. Wie eins zum anderen passt,
das lässt mich manchmal schicksalsgläubig oder überhaupt
gläubig werden.

Sie erinnern sich: das Überflüssige. Ich bin ja immer auf Erfahrung angewiesen, und als ich dem Überflüssigen Potenz
erschreiben wollte, passierte mir ein Abend, der das Überflüssige in Reinkultur demonstriert hat.

Ich war eingeladen von einem Millionär (vielleicht sogar
Milliardär), weil er einen Schreiber suchte, der ihm seine
Memoiren verfassen sollte – mein Buch «Die Wahrheit als
die Mutter der Lüge» hatte ihm gefallen. Das Geld hat er verdient durch eine von ihm selber erfundene und entwickelte
Technologie, die es erlaubte, Platinen in bis dahin unerreich-
ter Vollkommenheit zu bestücken. Er hat's mir erklärt, ich
habe es nicht wirklich begriffen.

Ich also sein Gast im Speisesaal eines Fünf-Sterne-Hotels mit
einem preisgekrönten, auch im Fernsehen kochenden Koch.
Wir wählten beide das Menü in sieben Gängen. Davor: ein
Amuse-Bouche. Dann zelebrierten vier oder fünf Kellner die
Serie der Feinheiten, als handle es sich um Hochamtsliturgie
am Ostersonntag. Und wie sie sich bogen und beugten, das
passte zu den Winzigkeiten, die dadurch auf unseren Teller-
chen und Schälchen landeten. Gänseleber mit Sherry-Mor-
cheln und weißem Spargel; plus gegrillter grüner Spargel mit

Tofucreme, Orange und Basilikum; plus Zander, kross gebraten, mit Kartoffelschnee und Kräuterfond; plus Ochsenmark mit Erbsenpüree, Nussbutter, Pilzen und Imperial-Persicus-Kaviar; plus Limousin-Lamm mit Aubergine, Artischocke und Perlzwiebel; plus Manjari mit weißem Kaffee-Eis und goldenen Nüssen; plus warmer Himbeerkuchen mit Schokoladen-Ganache, Mandeln, Streuseln und des Kochs Milchmädchen-Eis. Das war's. Und danach war man nicht besonders satt, aber beglückt von der Kunst, aus Köstlichkeiten etwas Überflüssiges zu machen.

Der Triumph der Form über den Inhalt. Oder: Das Dinner als Zeremonie des Überflüssigen.

Ich habe mich übrigens nicht entscheiden können, die Memoiren des Gastgebers zu schreiben. Was ich von seiner Arbeit mitkriegte, hat mich ganz und gar beeindruckt, aber ich merkte, dass ich auch oder vielleicht sogar hauptsächlich darstellen sollte, wie und warum er von der ersten Frau zur zweiten, von der zweiten zur dritten und von der zur vierten wechselte. Das sollte die Geschichte einer unaufhörlichen Steigerung sein. Die Vierte, der absolute Höhepunkt alles Weiblichen. Bei der will er bleiben. Er ist jetzt sechsundachtzig. Ich fühlte mich nicht geeignet, diese beeindruckende Geschichte zu schreiben, ich empfahl ihm zwei, drei Romanautoren. Er bedankte sich. Ich mich auch.

Aber das Überflüssige habe ich nie und nirgends so real erlebt wie bei diesem liturgischen Menü. Und Liturgie war das, auch wenn wir am Ende nicht den Leib des Herrn, sondern das Milchmädchen-Eis zu uns nahmen.

Ihr Berichterstatter

PS

Mehr als einmal musste ich bei der Lebensgeschichte meines Gastgebers an Herrn Thiele denken, der mir freimütig gestanden hat, dass er einer Frau, die sich sträubte, eine Million geboten habe für jedes Jahr, das sie mit ihm verbringen würde. Als ihr das zu lang erschien, habe er 10 000 pro Woche angeboten. Ich sagte ihm dann, dass ich noch nie einen Menschen getroffen hätte, der sich so freimütig äußern könne wie er. Dass er sein Innerstes in Zahlen auszudrücken imstande sei! Das sei, sagte ich, einfach zu bewundern! Dann die unvergessliche Thiele-Antwort: Das können Sie einem erzählen, der die Hose mit der Kneifzange zumacht, aber nicht mir.

11. März 2017

Liebe Unbekannte,
es muss sein: Diesen Traum (von gestern Nacht) muss ich
loswerden, also Ihnen schicken. Das kommt von der erlebten
Illusion, dass ich, was ich Ihnen schicke, los bin.
Also geträumt: eine vielzimmerige Arztpraxis mit romanisch
hohen Fenstern. Alles weiß und grell elektrisch. In allen
Ecken lagen Leute. Nur Nackte. Auch nackte Körperteile, blu-
tige, kotige. Niemand stand. Einzelne saßen und stießen sich
Spritzen in den Arm, das heißt, sie versuchten es, sie waren
zu gierig, zu süchtig, sie schafften es nicht mehr. In den
schmaleren Zimmern stand der Urin knöchelhoch. Darin lag
ich. Im Urin trieben Brocken Drecks jeder Art und Körperteile und Innereien, trieben auf mich zu.
Ich hoffe, durch Sie von Träumen dieser Art erlöst zu werden.

Ihr mutlos Hoffender

PS
Mein Mund will sich öffnen
ich spür es rechtzeitig
ich lass es nicht zu
ich weiß er will schreien.

15. *März 2017*

Liebe Unbekannte,

vom Oberregierungsrat zum Philosophen! Das muss ich endlich mitteilen, wie das ging. Und warum. Es ist ein Roman, der sich selbst geschrieben hat. Wie ist aus dem Oberregierungsrat, der zuständig war für Migration, der Philosoph geworden, der zuständig ist für alles und nichts. Es geschah bei einem Opernbesuch, in der zweiten Pause von «Tristan und Isolde». Weil ich mich halbwegs zurechnungsfähig machen will, wandere ich wieder ins «er» aus.

Da sie auf einem Barhocker saß und er an der Bar stand, liefen an ihm in Brusthöhe vorbei ihre gleißenden Oberschenkel und ihr rot-schwarzes Rockrüschengewell. Auf einmal war sie nicht mehr der Bartheke zugewendet, sondern halb zu ihm gedreht. Warum, das erfuhr er erst später durch das von ihr verfasste Protokoll. Ein kleiner Wortwechsel zwischen ihr und ihrem Begleiter, der rechts neben ihr saß. Sie sagte: Franz, du spinnst, und drehte sich weg, also zu Justus Mall hin. Natürlich, ohne das zu wollen. Aber er, der dicht neben ihrem Hocker stand, erlebte das so, als habe sie sich zu ihm gedreht. Er wusste, dass sie ihn nicht meinte, nicht meinen konnte, aber er machte in der Laune, in der er durch «Tristan» plus Alkohol war, einen Scherz, das heißt, er begrüßte sie, als habe sie sich absichtlich zu ihm gedreht, und mehr noch begrüßte er ihre Schenkel. Sink hernieder, Nacht der Liebe, singsangte er und tippte mit einem Zeigefinger auf die gleißende Schenkelrundung, als wolle er sagen: Du, Schenkel, bist die Nacht der Liebe. Dass er, was er da tat, selber als riskant empfand, drückte er dadurch aus, dass er ihr nur mit der Spitze des Zeigefingers seiner rechten Hand auf den Schenkel tippte, dann die Hand sofort zurückzog, als erschrecke er über das, was er da gerade getan hatte. Es war deutlich ein gespieltes Erschrecken! Er hatte doch die Hand so jäh zurückgezogen, als habe er die Zeigefingerspitze auf einer glühenden Herdplatte verbrannt. Um das Spielerische zu betonen, prostete er ihr sofort mit dem Champagnerrest zu, und sie, die auch ein Glas in der Hand hatte, erwiderte sein Prosit. Beide tranken. Dann drehte sie sich sofort wieder zur Bar und damit zu ihrem Begleiter. Auch er war gleich wieder bei seiner Frau, die auf dem Barhocker links neben ihm saß und nichts mitgekriegt hatte, weil sie sich vom Barkeeper sagen ließ, warum dieser Champagner so gut sei.

Dass er später mit geschlossenen Augen im dritten Akt saß, bemerkte seine Frau auch nicht. Er war mit dem Augenblick beschäftigt, in dem er pantomimisch einen verbrannten Zeigefinger gespielt hatte. Mehr war es nicht. Aber auch kein bisschen weniger. Ihre Augen, die zu ihm herabschauten. Er konnte, als er mit geschlossenen Augen «Tristan» hörte, ihr Gesicht förmlich studieren. Ein kurzgeschnittenes Blond über einer hohen Stirn. Durch nichts gemilderte Augenbrauen. Die Augen, ein Blauaugenblick. Scharf. Fast hart. Oder war es Spott? Fand sie die Zehntelsekunde der Berührung samt seinem gespielten Erschrecken auch lustig? Er fühlte sich auf jeden Fall angeschaut, entdeckt.

Zu Hause musste er Kopfweh vortäuschen, um sich gleich ins Bett legen zu können. Dann lag er und rätselte immer noch an ihrem Blick herum und stellte sich vor, wo sie inzwischen sein mochte. Er hatte gerade noch wahrgenommen, dass der Franz genannte Begleiter, als sie wieder ihm zugewandt war, ihr beide Hände auf die Schultern gelegt hatte. Sicher aßen sie jetzt irgendwo, hatten die Vorspeise hinter sich, der Hauptgang war dran. Obwohl sie auf Mall gewirkt hatte, als zahle sie selber, gab er jetzt zu, dass dann doch der Begleiter der Einladende war ...

Er musste diese Nacht hinter sich bringen. Irgendwie. Er wusste, dass er diese Frau wiedersehen werde. Wie sie ihm jetzt fehlte, das tat weh. Er kennt diese Frau. Aber er weiß nicht, woher. Und sie hat ihn wahrgenommen. Keine ganze Sekunde lang, aber eine nicht messbare Zeit hat sie ihn wahrgenommen. So intensiv hat ihn noch nie ein Mensch angeschaut. Kann Hohn gewesen sein. Oder Strafe. Egal. Wahrgenommen hat sie ihn. Wenn Gerda jetzt käme, wäre sie eine Feindin. Seine Feindin. Bloß das nicht. Nimm den Schmerz an. Der passt doch zu Tristan, sink hernieder ... Er nahm dann eine Schlaftablette.

Am nächsten Morgen merkte er, dass er, bevor er etwas anderes denken konnte, an den Augenblick an der Bar dachte. Jetzt versuchte er, darüber nachzudenken. Natürlich hat diese Frau ihn nicht wahrgenommen. Angeschaut hat sie ihn, wie man einen Irren anschaut. Jetzt noch spürte er, wie er sich, so angeschaut, gefühlt hat. Einsam. Er hatte gerade noch sein Um-bemerkt-werden-Betteln in etwas Lustiges hinübergelogen. Dieses Zugleich! Ihre Schenkel, die wilden Rockrüschen, sein Zeigefinger, der Satz aus der Oper, ihr Blick, sein Prosit, ihre Prosit-Entgegnung, das alles messbar kurz, unmessbar intensiv, unmessbar.

Da ihm so etwas oder dergleichen noch nie passiert war, musste er sich jetzt mit der Bereinigung beschäftigen. Dabei wurde er sich wieder bewusst, dass es keinen Menschen gab, mit dem er über sein Erlebnis hätte sprechen können. Er war allein. Er konnte sich nicht erinnern, je so allein gewesen zu sein. Sie wäre die Einzige gewesen, der er hätte sagen können, wie allein er war, aber sie gab es nicht. Nicht mehr.

Einen Tag später gab es sie wieder. Und wie! In der Süddeutschen Zeitung berichtete die Praktikantin Suse Kranz, was ihr in der zweiten «Tristan»-Pause passiert ist. Ein Oberregierungsrat aus dem Justizministerium hat sie, die mit einem Freund an der Bar saß, grob begrapscht und hat dazu auch noch obszön geredet, nämlich: Ihr Rock sei kürzer, als es die Straßenverkehrsordnung erlaube, und jetzt sei dieser Rock auch noch so weit hochgerutscht, dass man von einer Schenkel-Emanzipation sprechen könne.

Am Tag darauf ein Interview mit der Praktikantin. Sie hat den Grapscher gekannt, weil sie über eine syrische Familie schreibe und deshalb im Ministerium mit dem Zuständigen für Migration wegen eines Asylantrags gesprochen habe.

Am Tag darauf war es in allen Zeitungen: Frauen müssten geschützt werden vor den Grapschern der Altherren-Riege.

Die Süddeutsche brachte ein Interview mit dem Grapscher. Er konnte nicht abstreiten, was die Praktikantin zitiert hat, aber daran erinnern, dass er das und das gesagt habe, konnte er sich nicht. Dann wurde die Barszene genau rekonstruiert. Mit ihm. Im Gespräch. Er fand, dieses als Interview veranstaltete Gespräch sei ein Verhör. Das sagte er auch, und das stand dann auch in der Zeitung und was er zu seiner Rechtfertigung sagte.

Wie sehr ihn dieses Verhör aufregte, zeigen seine Formulierungen. Die Welt sei nicht mehr alles, was der Fall ist, sondern alles, was Frau ist! Wo du hinschaust, lächelt, lacht, grinst dir eine Frau entgegen und streckt dir etwas hin, ihre Haare, ihre Brüste, ihre Beine. Er finde das, sagte er, nicht furchtbar, sondern herrlich. Aber er möchte auch reagieren dürfen. Er möchte sagen dürfen, dass er sich andauernd verführt fühle. Und wenn dann wirklich einmal ein solches Geschöpf in greifbare Nähe kommt, dann langt man eben eine Zehntelsekunde lang hin und sagt dazu noch irgendeinen Fast-Unsinn. Alles wegen dieses gleißenden Oberschenkels! Es gibt wahrscheinlich keinen Mann in der ganzen Welt, der, wenn ihm so ein Oberschenkel passiert, davon unberührt bleiben könnte. Vielleicht würde nicht jeder mit der Fingerspitze hintippen und dann den Erschreckten spielen, aber er könne, was er da getan hat, was ihm passiert sei, nicht nur nicht abstreiten, er müsse, was er mit einer Fingerspitze eine Zehntelsekunde lang vollbracht habe, immer noch bejahen, vertreten, ja sogar rühmen! Es sei eine Geste der Anbetung gewesen, der Verehrung, ein religiöser Akt. Allerdings gewidmet nicht einem unbekannten Gott, sondern dem wunderbaren Schenkel einer Frau.

Dann wurde er konfrontiert mit dem Wort Altersgeilheit. Er, wütend: Er bitte um Aufklärung! Nicht, dass er je mit so etwas zu tun habe, er wolle nur wissen, ob ein Fünfundfünfzigjähriger anders geil sei als ein Fünfundzwanzigjähriger! Gebe es dafür ein physiologisches Datum?

Alles, was er jetzt noch sagte, wurde von der Presse zu weiterer Verhöhnung und Beschuldigung verwendet. Es war, als hätten die Medien schon lange darauf gewartet, dass sie endlich einen so exemplarischen Grapscher aus der AltherrenRiege ausschlachten konnten.

Eine Zeit lang glaubte er, er kämpfe für etwas, was man Aufklärung nennen könnte. Jedes Mal, wenn er einen Journalisten empfing, spielte er auf seinem CD-Player die «Tristan»-Stelle. Das stand dann immer in der Zeitung.

Fast tröstlich fand er, dass in einer Zeitung auch vermerkt war, es sei Franz gewesen, der Freund der Praktikantin, der sie auf die Idee brachte, den ihr bekannten Oberregierungsrat als Grapscher zu entlarven. Franz Meschenmoser, stand da, sei ein junger Lyriker, der gesagt habe, wenn er Politiker wäre, würde er für die Grapscher der Altherren-Riege die Todesstrafe fordern. Die Flut der Anklagen, der Schwall der Verhöhnungen, die Scheußlichkeit der Unterstellungen – all das nahm so zu, dass Mall spürte: Er hatte sich überschätzt. Er hatte geglaubt, es genüge, sich im Recht zu fühlen. Von wegen! Er musste fliehen.

In der Nacht vom neunundzwanzigsten zum dreißigsten April wird er von einer Polizeistreife in der Dachauer Straße festgenommen. Er fiel den zwei Beamten auf durch seinen Erregungszustand: Laut redend, fast schreiend, so stand er, als die Beamten vor ihm haltmachten, vor dem Schaufenster eines Friseurgeschäfts und redete offenbar mit seinem Spiegelbild, das er im Schaufenster sah. Es war, als streite er sich mit diesem Spiegelbild. Als er anfing, mit den Fäusten auf das Spiegelbild einzuschlagen, griffen die Beamten zu und fragten ihn, ob sie etwas für ihn tun könnten. Er brüllte: Abhauen! Stante pede! Sonst! Und holte schon zu einem Schlag aus. Diese Geste veranlasste die Beamten, ihm Handschellen anzulegen und ihn mitzunehmen auf die Wache. Dort wurde er verhört. Seine Antworten: Namen? Vornamen? Nein, danke. Adresse? Sag ich Ihnen nicht, wie komme ich dazu. Geburtsdatum? So weit kommt's noch! Wieso unterwegs? Ja, hören

Sie denn nicht zu! Ich liege im Streit mit mir, weil ich mich weigere, mir zu sagen, wo ich mein Auto geparkt habe. Ich irre durch die Stadt und finde mein Auto nicht mehr. 200 B Mercedes Turbo! Ich vermisse mein Auto! Was geht es den Staat an, wenn ich mein Auto vermisse!

Und schon meldete der Rechner: Mercedes 200 B Turbo abgeschleppt, war im Halteverbot geparkt. Besitzer Dr. Gottlieb Schall.

Als die Beamten ihn mit diesen Daten konfrontierten, er: Da, bitte, Sie haben ja alles! Aber zuerst mich ausfragen! Wahrscheinlich hoffend, ich sage was Falsches, dann hätten Sie mich gleich wegen falscher Aussage an Eides statt dabehalten können.

Bevor er vor seinem Haus ausstieg, sagte der, der ihn im Polizeiauto da hingefahren hatte: Gute Nacht, Grapscher!

Und er darauf: Gute Nacht, Greifer!

Und ging. Schloss auf. Fand im Dunkel ins Wohnzimmer und legte sich aufs Sofa.

Dass er so zurückfand, teilte ihm am Morgen die Ehefrau mit. Auf dem Sofa im Wohnzimmer, angezogen, lag er da, nicht einmal die Schuhe hatte er ausgezogen, obwohl er immer klagte, dass seine Schuhe ihn drückten.

Er war immer weniger Herr seiner Handlungen. Er war auf der Flucht. Er wollte nicht mehr der sein, der diesen Skandal verschuldet hatte. Er, der ekelerregende Grapscher, vor dem Millionen Frauen geschützt werden mussten. Keine Nacht hielt es ihn zu Hause. In jeder Nacht benahm er sich so, dass die Polizei ihn aufgreifen musste. Allmählich war er resistent gegen die Fragen. Ärzte wurden bemüht. Er gab sich unwissender, als er war, und allmählich war er dann wirklich so unwissend, wie er sein musste, um diese Verhörserien mit einer Art Gleichmut zu ertragen.

So erfuhr er aus der Zeitung, dass er durch den von ihm selbst verschuldeten Skandal in einen Schock versetzt worden sei, der zu einer Krankheit geführt habe, die Alzheimer hieß.

Tatsächlich fühlte er dann diese Krankheit als eine Art Schutz und Schirm gegen die Anmaßungen der Welt. Er hatte sich, als er zum ersten Mal mit dem Wort Alzheimer konfrontiert wurde, Lektüre beschafft. Er wusste Bescheid, als ein Dr. Brandstetter ihm verständlich machte, dass es ihm helfen könnte, alzheimerkrank zu sein. Also ließ er den Screening-Test machen. Als er die Uhrzeiger auf zehn nach zehn stellen sollte, stellte er sie auf zehn vor zwei, nicht absichtlich. Auch die Fragen beim Mini-Mental-Status-Test beantwortete er nicht absichtlich falsch und wurde als demenzverdächtig eingestuft. Der nächste Arzt, ein Dr. Dietz, war strenger. Das Ergebnis noch schlechter. Und schließlich war er ein Alzheimer-Patient.

Ihm versprach diese Krankheit, was er brauchte: Erlösung. Unbelangbarkeit. Er hatte gelesen, welche Fragen die Ärzte stellen, um zu einer Diagnose zu kommen, und er hatte gesehen, dass er sich nicht anstrengen musste, um die Antworten diagnosegerecht zu liefern. Er wollte doch weg. Er wollte doch das alles, was ihm vorgeworfen wurde, nicht mehr sein. Also wollte er auch der, dem die Vorwürfe galten, nicht mehr sein. Was er wirklich brauchte, das waren seine nächtlichen Ausflüge. Es war nicht schwer, sich so zu benehmen, dass eine Polizeistreife ihn bemerkte und ausfragte. Er spürte geradezu, wie gut es ihm tat, diese Fragen in wilder Willkür zu beantworten. Und jedes Mal landete er in der Psychiatrie.

Ich bin nicht der, den ihr aus mir machen wollt, das war sein Leitmotiv. Ich kenne den nicht, den ihr in mir seht. Ich weiß von mir nur, dass ich zwar nicht weiß, wer ich bin; aber dass ich der, den ihr in mir sehen wollt, nicht bin, das weiß ich.

Mehr wollte er nicht. Er nahm sogar die Mittel, die verordnet wurden und deren Einnahme unter Überwachung stattfand. Immer seltener geisterte sein Name noch durch die Zeitungen. Er spürte, die Jagd hatte ein Ende.

Das Ministerium hatte rechtzeitig die einstweilige Pensionierung verfügt. Eine interne Recherche hatte ergeben: Zweimal ist er aufgefallen. Einmal allein mit einer Mitarbeiterin im Lift, da habe er gesagt: Mit Ihnen allein im Lift, das ist ein Härtetest, und habe komisch gelacht. Die Mitarbeiterin habe gefürchtet, er werde tätlich werden. Ein andermal hatte er eine Mitarbeiterin, mit der er allein im Lift war, so lüstern angeschaut, dass sie Angst hatte, vergewaltigt zu werden. Das war ein Umfrageergebnis. Beide Mitarbeiterinnen sagten, sie hätten sich nicht getraut, das zu melden, und seien froh, es jetzt endlich sagen zu können.

Die endgültige Pensionierung erfolgte, als in den Medien gemeldet werden konnte: Alzheimer. Ursache: ein Schock. Dessen Ursache: ein Skandal. Dessen Ursache: sein Benehmen und Reden.

Da war es Zeit für einen neuen Namen und für einen neuen Beruf. Justus Mall, Philosoph!

Ihm fiel Odo Marquard ein. Das war der einzige Philosoph, den er gesehen, gehört und gelesen hatte. Den machte er zu seinem Paten, in der Hoffnung, der würde diese mutwillige Maßnahme milde lächelnd dulden.

So wird aus einem Oberregierungsrat ein Philosoph. Und: Ihr Verehrer!

27. März 2017

Liebe Unbekannte,
endlich auch einmal eine fröhlich stimmende Nachricht!
Herr Steinbrecher hat das Buch «Das Tor zur Freiheit» bisher
mehr als zweihunderttausendmal verkauft und lässt mich
daran nobel teilhaben. Dass das Überflüssige immer noch
die Medienszene tangiert, ist für mich erfreulich, für Herrn
Steinbrecher beseligend. Steinbrecher ist jetzt als Apostel des
Überflüssigen gefragt und befragt. Er bedankt sich bei mir
durch immer neue Überweisungen.

Ihr Überflüssiger

1. April 2017

Liebe Unbekannte,

weil ich erlebe, dass Menschen, die seit langem mit mir um-
gehen, jetzt immer lauter missbilligen, wie ich über alles, was
der neue US-Präsident sagt und tut, denke, darf ich das Ihnen
nicht verschweigen. Denn ich habe Mr. Trump von Anfang
an, seit er im Wahlkampf gegen Mrs. Clinton angetreten ist,
auch als eine Belebung erlebt. Nie hätte ich Hillary Clinton
wählen können. Dass er Sätze gesagt hat, die peinlich sind,
hat mich für ihn eingenommen. Nicht weil diese Sätze tatsächlich peinlich und unanständig waren, sondern weil er
solche Sätze gesagt hat. Er hat sich deutlicher gezeigt als je
ein Kandidat vor ihm. Er hat weniger gelogen als je ein Kandidat vor ihm. Ich wusste, woran ich bei ihm bin. Und das ist
so geblieben. Ich habe Ihnen, glaube ich, einmal geschrieben,
Gerda, meine Frau, sei nicht nur ehrlich, sondern furchtbar
ehrlich. Und genau das erlebe ich bei Mr. Trump: Auch er ist
furchtbar ehrlich.

Jetzt hat er die Luftwaffenbasis der Syrer bombardieren lassen, weil von dort ein Giftgasangriff gestartet wurde, der viele
Kinder getötet hat. Er hat auf den entsetzlichen Anblick dieser ermordeten Kinder reagiert. Ob das politisch klug oder gar
richtig war, kann ich nicht beurteilen. Aber mir hat er wieder
entsprochen.

Ich habe schon mehr als einmal bei Nahestehenden Unver-
ständnis und Missbilligung geerntet durch nichts als meine
Empfindungen. Mir geht diese immer drastischere Verurtei-
lung meiner Empfindungen auf die Nerven. Deshalb diese

Mitteilung: Wenn Sie nicht ertragen, dass ich Mr. Trump jedenfalls derzeit noch für einen begrüßbaren Präsidenten halte, dann komme ich für Sie nicht in Frage. Ich gebe zu, dass ich mir Sie souveräner vorstelle! Erhaben über diese vom braven Anstand und braver Routine diktierte Verurteilungssucht.

Ihr

JM

4. April 2017

Liebe Unbekannte,

es gibt Sie! Ich habe von Ihnen geträumt. Allerdings nur von Ihrer Hand. Die schrieb mir einen Brief. Ich sah die Zeilen entstehen. Eine klein bleiben wollende, zierliche Handschrift. Aber ich konnte lesen: Der Sinn des Seins strömt kosmisch zu dir nieder. Was Problem ist, flieht ins Nichts. Du lebst in der Gewissheit.

Das haben Sie mir geschrieben, und wenn es Sie nicht gäbe, hätte ich das nicht träumen können.

Daran möchte ich glauben.

Ihr

JM

17. April 2017

Liebe Unbekannte,

weil ich Herrn Thiele gelegentlich erwähnen musste, muss ich jetzt mitteilen, dass er tot ist. Er hat sich umgebracht. Seine Frau hat es mich wissen lassen. Ich habe ihn Ihnen immer unter einem erfundenen Namen vorgestellt.

Seine letzte Mitteilung kam vor vier oder fünf Wochen. Der Teufel habe in uns genauso viel Grund wie Gott, schrieb er. Das lerne er jetzt. Erst jetzt wolle er auch böse sein. Mitleidlos. Und jetzt merke er, das Bösesein sei ihm von Anfang an beigebracht worden. Zu lange habe er den Teufel nicht ernst genommen. Für altes Theater habe er ihn gehalten. Klosterbruderschreck und dergleichen. Jetzt merke er, wozu er imstande sei. Und er werde diesen schwarzen Druck nicht mehr los. Er werde aber nicht genug Böses tun können. Dieses Ansichhalten sei unerträglich. Wochenlang im Bett. Obwohl er nichts tue, sei er schmutzig. Schmutzig für immer. Weil er nicht tue, was er doch tun wolle. Der Verbrecher sein, der man ist – das wäre die Erlösung. Da er dazu zu feige sei, bleibe ihm als Erlösung nur der Tod. Dass er dazu nicht zu feige sei, werde er beweisen.

Liebe Unbekannte, ich gebe zu, dass ich das für bloße Stimmung gehalten habe. Dass es mehr war, musste ich Ihnen mitteilen. After all.

Dann darf ich noch gestehen, was mich schon ganz am Anfang für Herrn Thiele eingenommen hat. Als Student verdiente er Geld, indem er Ferienwohnungen bewohnte von Reichen, die dazu keine Zeit hatten.

Ja, und dann noch eine Mitteilung, die vielleicht verständlich macht, was er getan hat. Er, im Auto, prüfte im Rückspiegel seine Frisur und überfuhr dabei eine alte Frau, die bei Rot die Straße überqueren wollte. Und ob Sie's glauben oder nicht, Herr Thiele erscheint mir immer noch und immer wieder. Neulich als Hotelier in Osnabrück, dann im Schnellzug mit einer Frau. Überall reagiert er so, als wolle er von mir nicht erkannt werden. Und ich achte sein Inkognito.

Ihr

JM

18. April 2017

Liebe Unbekannte,
meine Lieblingslektüre zurzeit: Märtyrer-Geschichten. Da
ward eine so gräulich auf ein Rad gespannt, dass ihre Gebeine
brachen und das Mark herausfloss. Aber ein Engel kam und
zerstörte das Rad und machte die Jungfrau alsbald gesund.
Hernach ward sie in einen Kessel gesetzt voll siedenden Bleis.
Darin saß sie als in einem kühlen Bad. Da fluchte der Richter
seinen Göttern, weil sie ihm nicht wollten zu Hilfe kommen,
um die Magd zu strafen. Dann ließ er sie enthaupten. Er ließ
fünfhundert enthaupten, darunter hundertdreißig Frauen.
Ich gebe zu, ich weiß nicht, warum mich das so beeindruckt.
Ach, ich weiß es schon, will es bloß nicht wissen: Was der
Glaube vermag. Ich wäre gern gläubig. Dass es Sie gibt, glau-
be ich!!! Aber als wir dann christlich waren, nicht mehr von
Heiden beherrscht, sondern von Christen, da war es gesetz-
lich verboten, Jungfrauen zu erdrosseln. Also wurden alle
Mädchen, die erdrosselt werden sollten, zuerst vom Henker
geschändet. Und so weiter.
Ihr

JM

19. April 2017

Liebe Unbekannte,
ich halte den Kopf in den Schicksalswind und öffne den Mund,
dass er sich fülle mit mehr, als ich schlucken kann. Zu verstehen ist nichts. Es reicht zu sein. Die Sonne scheint mich
an, als meinte sie mich. Täuschung ist ihr Geschäft. Wörter
für Wärme haben Saison. Ich bin die Stimme eines Stummen.
Dass ich versage, meldet allwissend der Mond. Natürlich ist
nichts. Dürftig alles. Aber Kunst.

Ihr Augenblicklicher

PS
Es mag nichts bleiben
von deinen Fähigkeiten
wenn du sie brauchen willst
für andere also sind es
Unfähigkeiten.

21. *April 2017*

Liebe Unbekannte,
ich will lieber glühen und sprühen als ins Finstere fliehen und
vertrocknen. Leben statt denken. Einbildung statt Bildung.
Zeugenlos jubeln. Also, fang an!
Ich, die glühende Oberfläche des kalten Seins.
Ich, das Fragezeichen nach einem gestrichenen Satz.
Ich, ein Wille ohne einen Weg.
Ich, die Null, vor der keine Zahl steht.
Ich, das blühende Nichts, das sich nach etwas sehnt.

Ihr Sehnsüchtiger

PS
In den Augen trage ich Liebe
in mir wachsen Blumen
mit allen Farben des Daseins
durch einander
eine Flut
alle Wünsche in mir tun
als wollten sie sich erfüllen.

23. *April 2017*

Liebe unbekannte Geliebte,
Sie haben sich nicht gemeldet. Es gab viele, die auf meinen
Blog reagiert haben. Von Hohn bis Teilnahme fehlte nichts.
Aber Sie fehlten. Sie habe ich nicht erreicht. Oder: Sie gibt es
nicht. Sie sind ein Wunschbild. Das Inbild meiner Sehnsucht.
Sie sind alles, was mir fehlt. Wenn es Sie nicht gibt, heißt das,
mir ist nicht zu helfen. Es war auch herzlich naiv von mir zu
glauben, es gebe einen Menschen, der genau das ist, was mir
fehlt.

Ihr Illusionist

PS
Schwere lern fliegen
Verzweifeln ist ein Wort
bedeutungslos wie alles
was man sagen kann.

Meine Verzweiflung hat einen Schoß
in den ich meinen Kopf legen kann
wenn ich den Kopf hebe mit Hoffnung
wartet meine Verzweiflung bis ich ihn
wieder sinken lasse.

Sauber liegt das Gesicht
im Wasser auf Grund
zu besichtigen sonntags

von der Brücke
bei Sonnenschein
kommt ein Wind auf
lächelt es.

Ende April

Liebe Unbekannte,

nur der Form halber richte ich dieses Schriftliche an Sie. Ich wende mich nur noch an mich. Sie waren der Anlass für etwas, was sich herausgestellt hat als Selbstgespräch. Auch das Selbstgespräch braucht Zuschauer, Adressaten. Eingebildete!

Es dient, sagen wir, der Wahrheit, zuzugeben, dass du dich an jemanden gewendet hast, den es nicht gibt. Sei's drum.

Du wirst nicht ewig grüne Täler erfinden und böse Schubladen, in die du fliehen kannst. Die Tatsachen zerquetschten dich.

Keiner glaubt dir, dass du Pascal heißt. Dass du am liebsten Pascal heißen würdest, ist klar. Ein Name, den man dir glauben könnte, ist dir nicht eingefallen.

Weiche aus ins Fromme. Wozu gibt's Engel! Lass Engel kommen mit Posaunenschall. Sag, dass du nicht würdig bist et cetera. Gott als Rettungsring, komischer geht's nicht. Eine Leere ohne Hall. Klettere, klettere einfach hinaus oder hinauf oder hinüber. Sobald du dich nicht mehr bewegst, klebst du. Nicht einmal Ekel erregst du. Hisse Wörter wie Fahnen beziehungsweise Fahnen wie Wörter. Kapituliere!

Erlebe deine Unwahrnehmbarkeit. Deinen Sturz ohne Aufschlag. Die Geräuschlosigkeit, die das Gegenteil von Stille ist. Die Wörter weigern sich. Es ist aus.

Der Protokollant

8. Mai 2017

Liebe Unbekannte,
dass ich mich immer noch an Sie wende, obwohl ich darüber,
ob es Sie gibt, so wenig weiß wie darüber, ob es Gott gibt
oder nicht, obwohl ich mich Ihnen gegenüber also auf nichts
als Vermutung und Glauben angewiesen sehe, schreibe ich
Ihnen noch. Das ist die Gewohnheit. Aus Gemeinem sei der
Mensch gemacht, und die Gewohnheit nenne er seine Amme.
Sagt Schiller. Der ja immer alles so genau sagen wollte, wie es
nicht zu sagen ist. Ein Vermutungs-Stil wäre viel angebrach-
ter. Ächtung des Indikativs! Und so weiter.
Sagen wollte ich nur, dass ich weiterschreiben muss. Und an
wen, wenn nicht an Sie? Wenn Sie mir das sagen, sind Sie von
mir erlöst.
Also hier: mein Heutiges.
Ich weiß, dass ich weiß, was ich weiß. Um mich herum oder
sogar in mir alle Grammatiken der Welt. Sogar alle Wörter.
Anwesenheit. Gegenwart. Fülle. Reichtum. Überfluss. Pracht.
Und Anton Grübel ist da. Der mildeste Mensch überhaupt.
Vater von Ludwig, von Maria, von August, Josef. Und die
schönste Stimme im Kirchenchor. Karl Erb kniet nieder,
wenn Anton Grübel in der Mai-Andacht das Ave-Maria singt.
Jetzt ist Anton Grübel da, weil es hier keine Vergangenheit
gibt. Jetzt ist alles da. Und falls etwas nicht da ist, weiß ich es
nicht, weil nichts fehlt. Gott ist nicht da. Aber er fehlt nicht.
Man kann über ihn alles sagen, weil es ihn als Wort gibt. Genauso die Engel. Die Gegenwärtigkeit von allem. Kein Vorher,
kein Nachher. Alles zugleich. Ein Andrang, ohne dass etwas

näher käme als etwas anderes. Von allem auch das Gegenteil. Ein Zugleich von gar allem. Ein Rieseln über das Dasein.
Ein Universalismus des Sinnlichen. Eine einzige Spürbarkeit.
Eine einzige Inbrunst. Das himmlische Dasein. Hören und
Sehen ist eins. Empfinden und Sagen ist eins. Anfang und
Ende gibt es nicht. Was nicht angefangen hat, muss nicht aufhören. Da es das Wort Ewigkeit gibt, gibt es Ewigkeit. Hier
gibt es immer alles und zugleich. Keine Sehnsucht mehr, das
muss der Himmel sein. Auch nach Ihnen, Unbekannte, sehne
ich mich heute nicht mehr. Behaupte ich. Und spüre schon,
dass ich das bezweifeln soll. Aber bevor ich damit anfange,
höre ich auf.
Ich werde versuchen, mich jeden Tag einmal in den Himmel
zu heben.

Ihr Anheimgegebener

PS
Ich und du
sind
der Schmuck
an Gottes Hals
du der Stein
und ich die Kette.

12. *Mai 2017*

Liebe Unbekannte,
aliter loqueris, aliter vivis. Das habe schon Platon Epikur und
Zenon vorgeworfen. Meldet Seneca.
Ich bin dagegen, dass ich dafür bin.
Ihr

JM

Im Sommer

Liebe Unbekannte,

ich weiß, mir ist nicht zu helfen. Den möchte ich sehen, der einen solchen Befund akzeptiert. Ich nicht. Ich will es nicht wissen, dass mir nicht zu helfen ist. Das liegt nicht an mir, sondern an meiner Liebe. Meine Liebe liebt beide. Und das auf so verschiedene Weise, dass von Untreue nicht die Rede sein kann. Ich bin treu.

Euch treu.

Dir, du Eine! Und dir, du Andere!

So ähnlich beide im Höchsten sind, so verschieden sind sie im Irdischen.

Liebe Unbekannte, dass Sie es nicht sind, die mir helfen kann, ist schon sicher. Ich beende den Blog. Heroisch. Das dürfen Sie mir glauben. Wie ich leben soll, ohne immer wieder und immer wieder an Sie zu schreiben, ist noch nicht vorstellbar. Nicht mehr an Sie schreiben heißt, ohne Hoffnung leben. Wer kann das schon! Surcease. Soll ich das bei Silke lernen? Ich wechsle nur das Medium. Keinen Hilferuf mehr per Blog. Ich übergebe alles dem Papier. Und nenne es dann eben Roman. Das ist es ja auch in seiner Geschrieben-heit.

Und schon rührt sich die Hoffnung wieder, dass es Sie gebe und Sie mir auf eine nicht vorstellbare Art helfen könnten. Wenn nicht, dann gehe ich (hoffentlich) zugrunde. Das Papier beziehungsweise der Roman ist die letzte Hoffnung.

Aber das sollen beide wissen: An seiner Liebe ist dieser Mensch zugrunde gegangen. An der Liebe zu euch. An der

Liebe beziehungsweise an seiner Unselbständigkeit. Liebe ist
nichts anderes als Unselbständigkeit.

Herzlich grüßend,

der Unselbständige

PS
Konjunktiv-Elegie
Ich würde
wenn ich könnte
wollen
dass ich kann.

Hoch im Sommer

Liebe Unbekannte,
es ist viel passiert. Zu viel. Alles. Mir. Die Eine im Krankenhaus, die Andere in Cincinnati. Ich, der Zuschauer meines
Untergangs. Dass ich auch jetzt noch an Sie schreibe, schreiben muss, kann nur heißen, dass ich einen Zeugen, eine Zeu-
gin meines Untergangs brauche.
Der Professor, der die Eine operiert hat, hat eine Stunde ge-
braucht, mir vorstellbar zu machen, wie sie an ihrer Herz-
krankheit zu leiden hatte, wie sich die mangelhafte Funktion
des Klappenapparates im täglichen Leben auswirkte. Wenn
die Klappen nicht mehr richtig schließen, die Ränder nicht
mehr dicht genug sind, muss man, was das Herz nicht mehr
leistet, durch den Willen ersetzen. Er rühmte Gerda so, dass
Gänsehäute über mich hinliefen. Nach der dreistündigen
Operation stellte er fest, dass er es nicht geschafft hatte. Also
am nächsten Tag noch einmal. Und die Patientin verzweifelte
nicht. Sie machte mit. Und es gelang.
Dann: sie auf der Intensivstation. Farblos. Mutlos. Abwesend.
Ich, nicht heulend, aber weinend. Sie, leise. Jeden Tag ein
Satz. Kein Satz folgt aus einem anderen Satz. Ich gehe mei-
nen Weg. Einen Tag später: Du tust mir leid. Einen Tag später:
Müde wie noch nie.
Immer unerreichbar.
Dann: der erste Hauch von Farbe. Die Augen mühelos offen.
Schön wie noch nie.
Und als sie wieder lebt, kommt aus Amerika eine SMS. Diese
SMS:

You wanted to destroy me. You knew from the beginning that you could ruin me if you wanted, because I put all my trust in you and told you what could ruin me. Then you chose to do it or that you didn't care.

And yet it is life one has to be able to endure as it happens. One is supposed to never feel sorry for oneself since there never has happened anything bad, in fact, there was nothing but love. That you never cared about me has become clear to me meanwhile.

It's not easy to get over the fact that I've loved someone so much who really never cared about me. You loved to form an image of me and then to own this very image. The whole thing was a misinterpretation. What is happening now shows that we've always lived in two different worlds. I just didn't know it. My idiocy …

A sentence I've overheard and appropriated to act it out: Life is a showcase without an audience.

Best witches.

Und ich schau alle zehn Minuten aufs Handy und weiß schon, bevor ich es aufklappe, dass nichts Neues von ihr da ist. Wie leicht ihr das fällt, dort drüben. Jetzt einfach zu verstummen. Dass sie Schluss gemacht hat, habe ich nie ganz ernst genommen. Dafür büße ich jetzt. Dass sie jetzt auch noch witzig grüßen kann, sagt einiges.

Liebe Unbekannte, ich kann nur noch sagen, was ich sehe, und was ich sehe, versinkt, wenn ich es sagen will. Ich spüre, wie ich vergehe.

Ihr

JM

PS
Wer
ich nicht
hätte
den Mut
zu klagen
ich
wie jeder
stürze
hilflos
und einzigartig
hinab.

Weitere Titel von Martin Walser

Martin Walser
Statt etwas oder
Der letzte Rank

«Statt etwas oder Der letzte Rank» ist ein Roman, in dem es in jedem Satz ums Ganze geht – von größter Intensität und Kraft der Empfindung, unvorhersehbar und schön. Ein verwobenes Gebilde, auch wenn es seine Verwobenheit nicht zeigen will oder sogar versteckt. Ein Musikstück aus Worten, das dem Leser größtmögliche Freiheit bietet, weil es von Freiheit getragen ist: der Freiheit des Denkens, des Schreibens, des Lebens. So nah am Rand der Formlosigkeit, ja so entfesselt hat Martin Walser noch nie geschrieben. Ein Höhepunkt in Martin Walsers Alterswerk, ein Roman als Summe und Bilanz.

176 Seiten

«*Ein literarisches Ereignis ersten Ranges, Lebensroman und Bekenntnis zugleich.*» *Nürnberger Nachrichten*

Ro-499/1